Adelbert von Hanstein, Gerhart Hauptmann

Gerhart Hauptmann - eine Skizze

Adelbert von Hanstein, Gerhart Hauptmann

Gerhart Hauptmann - eine Skizze

ISBN/EAN: 9783743361874

Hergestellt in Europa, USA, Kanada, Australien, Japan

Cover: Foto ©Raphael Reischuk / pixelio.de

Manufactured and distributed by brebook publishing software
(www.brebook.com)

Adelbert von Hanstein, Gerhart Hauptmann

Gerhart Hauptmann - eine Skizze

Gerhart Hauptmann

Nach einer Photographie von Wilh. Fechner in Berlin.

Gerhart Hauptmann.

Eine Skizze

von

Adalbert von Hanstein.

Mit einem Bildnis.

Leipzig,

R. Voigtländer's Verlag.

1898.

1189.　　　　Biographische Volksbücher 21—22.

I.

Ein stilles Talent in stürmischer Zeit.

Am 28. Oktober 1889 tobte ein so unerhörter Lärm durch das sonst so friedliche Lessingtheater zu Berlin, daß man nicht in einer Kunstanstalt, sondern in einer aufgeregten Volksversammlung zu sein glaubte. Es war heller Vormittag, und draußen lockte frischer Herbstsonnenschein; aber hier in dem festlich hellen Hause sah man auf der Bühne eine Reihe der abschreckendsten Bilder vorüberziehen, und die Menschen in den Zuschauerräumen vollführten eine so ununterbrochene Arbeit mit Klatschen und Trampeln, Zischen und Pfeifen, sobald sich der Vorhang senkte oder auch bei offener Scene, daß jemand, der in dieser Menge fremd war, keinen klaren Begriff von der Dichtung und ihrer Aufnahme bekommen konnte. Es war auch wohl kaum ein Fremdling darunter, denn die Vorstellung war vom Verein „Freie Bühne" veranstaltet, der ersten der vielen Berliner Probebühnen aus den achtziger Jahren, und bestand naturgemäß nur aus litterarisch interessierten Mitgliedern. Die allermeisten kannten das bereits in Buchform erschienene Stück und waren mit längst gefaßter Meinung erschienen. Auch kam es im Grunde weder den eifrig Ablehnenden, noch den mit Händen und Füßen Beifall Spendenden sonderlich auf das Stück selbst an, das man da gab, sondern auf die ästhetische „Richtung" desselben. Auf die „Richtung"! Schon heute, wo kaum zehn

1*

Jahre seit jenem stürmischen Theatermorgen verflossen sind, wird ein großer Teil meiner Leser das kaum verstehen, denn die thörichtesten aller Künstlerkrankheiten, die periodisch ähnlich anderen Epidemieen in jedem Jahrhundert ein= oder mehrere= mal die Köpfe der Menschen verwirrt, war damals wieder einmal in voller Blüte. Diese Krankheit besteht darin, daß die jungen Beflissenen der Litteratur oder Kunst, statt frei darauf los zu singen, wie der Vogel in den Zweigen, sich ein= reden, sie müßten sich erst einer ästhetischen Partei anschließen. „Was wählt Ihr für eine Fakultät?" diese dämonische Frage Mephistos in Goethes Faustdrama, die so recht den Scholasti= cismus lächerlich machen soll, diese Frage legte man sich damals selber vor, wenn man sich einbildete, zum Dichter berufen zu sein; man wollte „Realist" oder „Naturalist" oder dergleichen mehr sein. Ein „Ismus" mußte auf der Visitenkarte prangen! Und so war denn das Häuflein der auf Emile Zola eingeschwore= nen Naturalisten vollzählig erschienen, um einen der „Ihrigen" mit Gewalt auf die Tribüne des Ruhms zu erheben, während von ihren Gegnern ein beträchtlicher Trupp angetreten war, um mit aller Energie gegen diesen „neuen Pharao", wie Spielhagen die neue Richtung nannte, zu „protestieren"! So klatschte man denn von der einen Seite den Autor so lange heraus, bis man den Widerspruch geweckt hatte, und dann gab sich alt und jung und rechts und links dem jungen= haften Vergnügen hin, mit Radauflöten und Stiefelabsätzen den neuen Mann zu empfangen, wenn er auf der Bühne er= schien. Von Akt zu Akt wuchs der Lärm. Schließlich lachte und jubelte, höhnte und trampelte man mitten in die Unterhaltungen der Schauspieler hinein, und als der Höhe= punkt des Stückes sich nahte, erstieg auch das Toben seinen Gipfel. In dem Stück ward nach einer Hebamme gerufen, und dabei erhob sich ein durch seine Bissigkeit bekannter Arzt und Journalist, der in Wirklichkeit nichts ungerupft seines Weges ziehen läßt, und schwang ein chirurgisches Werkzeug diskreter Art, das er auf die Bühne werfen zu wollen schien. Rasender Tumult erhob sich. Man spielte das Stück mühsam zu Ende, lachte den Helden des Dramas aus und jubelte doch wieder den Verfasser hervor. Hatten diese unerhörten Vor= gänge schon das Interesse der Öffentlichkeit weit mehr erregt,

als es jemals ein unbestrittener Erfolg thun konnte, so blie=
ben auch die Nachspiele nicht aus. Da gab es Prozesse zwischen
dem Arzt und dem Verein, da erschienen lange Aufsätze
über die politische Bedeutung solcher ästhetischen Umsturz=
bewegungen, und in ganz Deutschland bekannt war der Name
des jungen Mannes, der als der „krasseste Naturalist", als
der „Dramatiker des Häßlichen", als der „poetische Anar=
chist", als der unsittlichste Bühnenschriftsteller des Jahr=
hunderts verdammt, oder als der „Reformator der Kunst",
als der „Erlöser der Dichtung" gepriesen wurde. Daß damals
der tadelnden Stimmen weit mehr waren, als der lobenden,
gab den Ausschlag zu Gunsten des Ruhmes des neuen Mannes.
Denn bekanntlich haben die Tadler immer viel mehr Worte
als die Lobredner, und bekanntlich ist es interessanter, geist=
reiche Malicen zu lesen, als pathetisches Lob. „Viel Feind,
viel Ehr'!" hat uns Hutten gelehrt. So war dieser neue
Dichter schon als Märtyrer der Heros der „Jungen". Und
dieser Mann war G e r h a r t H a u p t m a n n.

Fast zehn Jahre sind heute vergangen, und wer damals
sich die Ruhe objektiver Gerechtigkeit bewahrt hat, der darf
sich heute gestehen, daß er der Weitblickende gewesen ist. Heute
wissen wir, daß Hauptmann n i c h t der Vollender des Natura=
lismus geworden ist, den er schon so oft verleugnet hat, daß
er die deutsche Kunst n i c h t in neue Bahnen gelenkt, sondern
sich selbst schnell und energisch den alten Formen wieder ge=
nähert hat; daß er überhaupt n i c h t einer „Richtung" treu
geblieben und n i e eine Programmnatur gewesen ist, sondern —
viel weniger in den Augen seiner damaligen Verehrer, aber
viel mehr in den Augen der deutschen Litteraturgeschichte ge=
worden ist — nämlich eine künstlerische Individualität.
Heute, wo mancher, der damals für ihn die Lärmtrommel
schlug, enttäuscht sein Fäustchen in der Tasche ballt, weil
weder der geliebte Naturalismus heute noch seinen Mann
ernährt, noch die Verbannung des Verses oder der Schönheit
durch Hauptmann vollzogen worden ist; heute, wo mancher
Kritiker, der damals zu den „Jungen" hielt, nicht mehr recht
weiß, wie ihm geschieht, da gar kein „Ismus" mehr sich be=
haupten will — heute erscheinen uns die Scenen von damals
in fast komischem Licht. Aber sie waren eben Kennzeichen

jener großen Krankheit, und die ist, wie gesagt, epidemisch in der Geschichte der Geister. Wir aber wollen, ehe wir Hauptmanns Erstlingswerk kennen lernen, uns den Dichter ansehen, wie er war, nicht wie ihn der Klatsch des Tages erscheinen ließ.

Gerhart Johann Robert Hauptmann ist am 15. November 1862 in dem schlesischen Badeort Obersalzbrunn geboren, wo sein Vater, Robert Hauptmann, den Gasthof „zur preußischen Krone" besaß. Gerhart, der jüngste unter vier Geschwistern, erhielt seinen ersten Unterricht in der Schule des Ortes und kam dann mit seinen beiden älteren Brüdern auf das Gymnasium in Breslau, zeigte aber so wenig Sinn für die Schulgelehrsamkeit, daß man ihn für den Beruf eines Landwirtes bestimmte und ihn zu diesem Zweck bei einem Onkel, einem Gutspächter, in Pension gab. Aber der künstlerische Sinn in ihm verlangte nach Bethätigung, und so gab ihn der Vater nach Breslau zurück, wo er diesmal die Kunstschule besuchen sollte. Auch hier scheint Gerhart sich in die Vorschriften der Anstalt nicht gefügt zu haben, denn er ward vorübergehend sogar vom Unterricht ausgeschlossen. Er gewann aber die Gunst eines Lehrers, des Professors Härtel, der ihm die Möglichkeit erwirkte, in Jena zu studieren. Dort war inzwischen Hauptmanns Lieblingsbruder Carl nach Absolvierung des Gymnasiums angelangt, und mit Freuden nahm er den von ihm gleichfalls besonders geliebten Gerhart zu sich. Aber auch hier wollte dem jungen Künstlersmann die Wissenschaft nicht recht munden, und so suchte er Frieden für seinen dunklen Drang in einer weiteren Reise. Von Hamburg aus, wo sein ältester Bruder mittlerweile Kaufmann geworden war, machte er eine Seefahrt, die ihn erst an die Küste Spaniens, dann aber nach Italien führte. Als er dann mit Bruder Carl die Reise an der Riviera entlang fortsetzte und schließlich in Neapel und auf Capri in Naturgenüssen schwelgte, fand er wohl Begeisterung und Anregung, aber nicht die gewünschte Ruhe und Klarheit. Heimgekehrt, gewann er bald auf dem Hohenhaus in der Lößnitz bei Dresden sein Weibchen. In diesem Hause hatte erst der älteste Bruder, dann Carl sich die Braut geholt, und der dritte Bruder führte nun im Mai 1885 die dritte Schwester heim als ein zweiundzwanzigjähriger Freier. Dadurch kam endlich Ruhe in sein

Leben. Der irdischen Sorge für alle Zeiten entrückt durch das Vermögen seiner Erwählten, konnte er sich den Neigungen seines Geistes frei überlassen. Ein letzter Versuch, in Italien noch einmal die Bildhauerei zu erlernen, den er noch als Bräutigam machte, schlug fehl. Ein schwerer Fieberanfall erlöste ihn von den inneren Zweifeln. Ihm war jetzt klar geworden, daß die Dichtkunst sein Gebiet sei. Mit seiner jungen Frau zog er daher zunächst nach Berlin und dann nach dem Vorort Erkner. In jenen Tagen lernte ich ihn kennen, und eine Zeit lang verband uns aufrichtige Freund=schaft. Oft besuchte er mich in Berlin, oft ich ihn in seiner freundlichen Villa, wo die geistreiche Gattin stets Anregung zu verbreiten wußte, und wo ich mit Hauptmann mich oft genug so in Gespräche von künftigen Plänen und Hoffnungen vertiefte, daß der Besuch auf mehrere Tage sich ausdehnte. Hauptmann selbst hatte damals gerade (1885) sein erstes Dichterwerk herausgegeben, sein „Promethidenlos". Ich kann nicht sagen, daß die wirre und unklare Dichtung mich, der ich stets Klarheit als erstes Erfordernis der Kunst ver=langte, sonderlich begeistert hätte. Aber der Verfasser inter=essierte mich mit seiner Fülle von keimenden Plänen. Was mir vor allen Dingen an ihm auffiel und was jedem auf=fallen mußte, war sein starker social=ethischer Zug. Er sah sein ganzes noch junges Leben in diesem Lichte. Die Kindheits=erinnerungen an den väterlichen Gasthof hielten ihm den Gegensatz zwischen reichen Badegästen und armen Ortsein=wohnern fest; im Gymnasium tadelte er das Fernstehen der Wissenschaften vom Leben, an die jungen Künstler dachte er ungern, da sie meist ohne Ideale ihre Kunst betrieben, und selbst in die Erinnerungen an die wunderschönen Landschaften Italiens und Spaniens mischte sich ihm immer die Vorstellung der hungernden, schmutzigen Menge des armen Volkes daselbst. Unter diesem Gesichtspunkt wurde auch sein wirres Jugend=epos in gewissen Partieen genießbar. Es zeigt einen Jüng=ling, Selin mit Namen, der vom Vater davon fährt, auf das Meer hinaus und, seinen Lebensgang rückwärts denkend, in seinen Erziehern die Peiniger sieht, die ihm Gewalt in seiner Entwicklung anthun wollten. Als Wegweiserinnen für die Zukunft winken ihm zwei Frauen, die eine mit dem Meißel, die Muse der Bildhauerkunst, die andere mit dem Schleier und dem Kranz, die Muse der Poesie. Selin schwankt zwischen beiden. Auf seiner Fahrt erblickt er an der spanischen Küste zum erstenmal das Laster in Gestalt sinnlich verkommener Frauen. In seinen Abscheu mischt sich sogleich das Mitleid. Zu einer Vision verschwimmt ihm der Anblick der Wirklichkeit, und er sieht in den Lüstlingen, die das Weib erst entweihen und dann verstoßen, die Mörder der Tugend. Er will eine neue Religion predigen, die auch die Dirnen in das Mitleid einschließt. Gleich auf dem Schiffe redet er begeistert davon, wird aber verkannt und verlacht. Auf Capri ergreift ihn mitten in der göttlich-schönen Natur mit doppelter Verzweiflung der Anblick der Hungernden und Verlassenen. Dem Weltschmerz will er sein Lied und sein Leben weihen. Auf den „Fels der Hoffnungslosigkeit" will er sich zurückziehen und von dort aus die Wahrheit predigen. Ein visionär vor ihm erscheinender Bergeinsiedler bestärkt ihn darin. Aber Selin begiebt sich aus der resignierten Stimmung wieder in das Leben zurück, beginnt wieder zu hoffen und erliegt daher einer neuen Enttäuschung. Er wirft seine Leier ins Meer, wo die „Frau mit Kranz und Schleier" sie wieder herausholt und in den Himmel entführt, ihn auf ewig verlassend. Hauptmann, der in diesem seinem Helden sich selbst und sein innerstes Empfinden schildert, wendet sich zum Schluß gegen Selin, den er als einen „irren Knaben" abthut, damit andeutend, daß er jetzt dies Stadium überwunden habe. Er will auf dem Felsen der Hoffnungslosigkeit verharren.

Und er selbst huldigte damals dem Entsagungspessimismus durchaus. Er meinte, alle Reden, die man halten, alle Dichtungen, die man schaffen könne, würden die Menschheit doch nicht um ein Senfkorn vorwärts bringen. Bei alledem habe ich nie einen Menschen gesehen, dem das sociale Empfinden mehr in Fleisch und Blut, ja in das ganze Nervensystem übergegangen war, als ihm. Nach Autodidaktenart las er alles, was von naturwissenschaftlicher, staatsmännischer oder theologischer Seite über Sociologie geschrieben wurde. Darwin und Marx waren seine Führer, ohne daß er aber zu einer bestimmten politischen Partei sich bekannt hätte. Die Religion verwarf er zwar als „morsche Stütze" und hielt sie für eine überwundene Sache, aber ein starkes religiöses Empfinden, daß in seiner Knabenzeit von der herrenhutisch erzogenen Mutter und dem gläubigen, wenn auch nicht lippenfrommen Vater lebhaft entwickelt worden war, verriet sich doch überall. Auch mußte ihm klar werden, daß die befreiende Religion, die ihm vorschwebte, doch nur ein von allen Schlacken gereinigtes Urchristentum, wenigstens in moralischer Hinsicht, war. Und so trieb es ihn damals, ein Epos über Jesus von Nazareth zu schreiben. Da es ihm natürlich an Anschauung das Morgenlandes fehlte, so wollte er es ganz in die psychologische Seite drängen und faßte vorübergehend den wunderlichen Plan, ein Tagebuch des Judas Ischariot zu schreiben, jenes ungetreuen Jüngers, der als tragische Figur seit alten Zeiten bis auf die kraftgeniale Elise Schmidt beliebt war. Doch blieb es bei dem Plan.

So war er durch und durch Gefühlsmensch. Die Dichtung erfaßte er von der Seite der Empfindung. Etwas weiches, ja im guten Sinne weibliches, war seiner geistigen Persönlichkeit schon damals eigen. „Die Dichter sind die Thränen der Geschichte" sagt er von seinem Selin. Daß sie auch der Donner und Blitz der Geschichte sein können, wie Schiller, der geistige Freiheitskämpfer, den er nicht liebte, übersah er dabei. Lord Byron, der geniale Begründer der socialen Weltschmerzbewegung, beschäftigte ihn viel, und wie das neunzehnte Jahrhundert von Byron, dem Romantiker, direkt zum Realismus geleitet wurde, so erging es auch ihm. Den Weg von Saint Simon, dem religiösen Socialreformator Frankreichs, dem „Neuchristen", bis zu Zola, dem Naturalisten, machte er durch, wie ihn Europa durchgemacht hatte. In der naturalistischen Schilderung des Elends sah er die weckende Mahnung zur Menschenliebe und zur Hülfe, wie so viele seiner reiferen Zeitgenossen. Daß es ihm aber nur und immer wieder nur um die sociale Hülfe zu thun war, das ging aus allen seinen Äußerungen hervor. Sogar das Dichten war ihm Nebensache, die sociale Erweckung Hauptsache. So schrieb er mir in das für mich bestimmte Exemplar des „Promethidenlos":

Wohl möglich, daß es wirr dir scheint,
Ich will es nicht verneinen.
Doch ist das Leid, das es beweint,
Wohl wert, darum zu weinen.

Und wenn du weinst, wie ich geweint,
So wahr und echt, dann, Bruder, scheint
Belohnt vollauf mein Dichten.
Auf Lob und Tadel, falsch und wahr,
Ihr Freunde, will ich ganz und gar
Verzichten.

Also das sociale Mitgefühl war seine Grundstimmung. Sie veranlaßte ihn, stundenlang der Genosse eines einsamen Bahnwärters zu sein, dessen stilles Leben im traumselig stimmungsvoll geschilderten märkischen Kiefernwald er in der Novelle „Bahnwärter Thiel" (1887, zuerst abgedruckt in der „Gesellschaft") niederlegte. Er dichtete über einen Nachtwächter, der sich im Winter der Eisluft aussetzen mußte, einen Gesang, in dem es hieß, man habe diesem Manne zwar Brot gereicht, aber in das Brot den Tod hineingebacken. So glitt er langsam in das moderne Stoffgebiet hinüber. Dennoch waren es bis dahin historische Gestalten gewesen, die ihn gefesselt hatten. Tiberius, der so oft „gerettete" Thrann des römischen Weltreiches, wurde noch einmal von Hauptmann im stillen Kämmerlein gerettet. Seiner Erziehung und Umgebung wurde „die größere Hälfte seiner Schuld" zugeschoben. „Römer und Germanen" war ein Drama aus dem Teutoburger Walde. Beide Arbeiten zeigten den echten Charakter der Hauptmannschen Phantasie, den Bildhauercharakter. Die Personen waren alle in einzelnen Situationen unendlich scharf gesehen, aber immer nur in Situationen. Die Entwickelung fehlte. Es waren plastische, ruhende Gestalten, und noch bis heute hat Hauptmann diese Mängel seiner Phantasie nicht überwinden können. Er sieht immer nur Situationen, nie Entwickelungen. Diese Situationen aber bestrebte er sich möglichst scharf auszumalen. So führte er mich einmal in das Museum vor ein Werk seines römischen Lehrers, das die vollendete Statue eines Menschen darstellt. Man glaubt, den Marmor atmen zu sehen, aber der Mensch ist nicht nur in keiner „Pose", sondern auch in keiner Thätigkeit, ja nicht einmal mit einem bestimmten Ausdruck ausgestattet. „Sehr lebenswahr," sagte ich, „aber was thut dieser Mensch?" — „Nichts, er ist ein Mensch." Und das bewundert Hauptmann vor allem: Die Kunst, Menschen zu schaffen, auch wenn sie gar keine Idee verkörpern. Er war von vornherein der Gegen-

ſatz zu Schiller und Ibſen, die beide ihre Menſchen nur
ſchaffen, um der Idee willen. Die Stimmung des weich
empfundenen Mitleids iſt für ihn die Atmoſphäre ſeines
Schaffens, die Geſtalten ſtehen in dieſer Atmoſphäre, ſcharf
ausgemeißelt und wunderbar deutlich in ihren Umriſſen. Aber
ſie arbeiten ſich nicht zur Klarheit des Gedankens durch.
Was noch ſeinem erfolgreichſten Werke nachgeſagt wird von ſo
vielen, daß man es nämlich mitempfinden kann, aber nicht ver-
ſtehen, von der „verſunkenen Glocke", das galt ſchon damals von
ſeiner jungen Produktion. Wenn das Bewußtſein des Menſchen ſich nach Anſchauung der Pſychologen aus dem ruhenden Stadium des Empfindens zu dem höheren des Erkennens
und endlich zu dem höchſten des Wollens erhebt, ſo kann
man ſagen, daß Hauptmanns Helden alle auf dem erſten
Stadium ſtehen bleiben.

Alle dieſe Kennzeichen fand ich auch ſogleich in dem
Manuſkript des Dramas „Vor Sonnenaufgang"
wieder, das mir mein Verleger Paul Ackermann (1889) zur
Prüfung ſchickte. Meine perſönlichen Beziehungen zu Hauptmann hatten ſchon ſeit einiger Zeit aufgehört, ſeit er Erkner
verließ. Indes übergab er meinem Verleger ſein Werk, und ſo
erhielt ich es als Vertrauensmann der jungen Firma zur Prüfung. Trotz der mancherlei Mängel des Dramas riet ich natürlich warm zur Annahme, da für jeden Vorurteilsfreien hier
ganz unverkennbar ein ſtarkes Talent ſich regte. Was anderen,
die ihn nicht kannten, an dem Drama unverſtändlich war,
mußte mir ja natürlich erklärlich ſein: Vor allem die Ruhe
der Charaktere, die Kraßheit der Situationsſchilderung und
die Weichheit der Empfindung. Das Stück wurde gedruckt,
von dem trefflichen, leider ſo jung verſtorbenen Ackermann
an ſeinen Ruppiner Landsmann Fontane geſchickt und an
den Schauſpieler Reicher. Fontane ſprach ſich in der
treffendſten Weiſe aus. Er erkannte gleich den Unterſchied
zwiſchen Hauptmann und Ibſen. Dem Realiſten Fontane
war der Idealiſt Ibſen von jeher unſympathiſch geweſen; in
Hauptmann erkannte er nun den „ſtilvollen Realiſten", der
nicht Wirklichkeit zu ſchildern vorgebe, während er ſich eigentlich im Lande der Ideen bewegt. Das Sonnenaufgangsdrama
Hauptmanns war Arno Holz, dem „konſequenteſten aller

Realisten", gewidmet. Die Widmung war aus einer kleinen Besprechung entstanden, die dem Arno Holzschen Buche „Papa Hamlet" zur Beachtung verhelfen sollte. Aus dieser Besprechung auf der ersten Seite des Manuskriptes wurde im Buche die Widmung, die freilich statt des Namens Holz das Pseudonym Holmsen nennt. Arno Holz hatte damals den tiefgehendsten Einfluß auf Hauptmann geübt. Holz, das glänzendste lyrische Talent der ganzen jüngeren Generation, gehört zu den unglücklichen Menschen, die einem Mode-„-ismus" zuliebe ihre eigene Natur opfern. Den über Zola hinausgehenden Realismus hatte er in seinen manirierten „Papa Hamlet"-Skizzen entdecken wollen, und Hauptmann war ihm nachgefolgt.

Das Sonnenaufgangsdrama erinnert indessen nur sehr flüchtig an Zola. Mit Tolstois „Macht der Finsternis" hat es nur eine ganz äußerliche Ähnlichkeit, denn die tief religiöse Grundstimmung des russischen Schwärmers fehlt ihm. Und mit Ibsen, dem Ideendichter, steht es geradezu im Widerspruch, denn das Schwächste an Hauptmanns Erstlingsarbeit ist die Figur, die der Träger der Ideen sein soll. Und doch sollte das Stück ursprünglich nach ihm heißen. Dieser, Loth mit Namen, kommt im ersten Akt in einem schlesischen Dorf, das er zu nationalökonomischen Zwecken studieren und beschreiben will, zufällig in das Haus eines Jugendfreundes und lernt in ihm einen Abtrünnigen einstiger Ideale kennen. Hofmann hat sich nämlich mit der Tochter eines plötzlich reich gewordenen Kohlenbauern vermählt, ist dadurch in die Familie der dem Trunke ergebenen Dorfprotzen hineingeraten, und die ganze Familie entfaltet sich im ersten Akt in bekannten, oft dagewesenen, aber hier sehr lebenswahr geschilderten Typen, deren Eigentümlichkeit der schlesische Erdgeruch ist: Die protzige Schwiegermutter, die zweite Frau des stets sinnlos betrunkenen Alten; die immer speichelleckende „Stütze der Hausfrau", die „Spillern"; der bis zur Idiotenhaftigkeit dumme, an Sinnlichkeit einem Pavian vergleichbare Nachbar Kahl, der ein unsittliches Verhältnis mit der jungen Schwiegermama Hofmanns hat, und der Herr Schwiegersohn selbst, der elegante, liebenswürdige Schwerenöter, der unter äußerlicher Bonhommie verabscheuenswürdige Habsucht, intrigante Schlauheit und ekelhafte Sinnlichkeit verbirgt! Durch Betrug und raffinierte Gaunerei hat er sich zum reichen Manne gemacht. Seine Frau erscheint nicht auf der Bühne, sie ist das ganze Stück hindurch eine Leidende, die ihrer Niederkunft entgegensieht. Nur die arme Helene, Hofmanns Schwägerin, erweckt Sympathie. Sie, die bei den Herren-hutern erzogen ist, sehnt sich in dieser nach Fusel und Gemein-heit stinkenden Atmosphäre nach einem Menschen. Da kommt im rechten Augenblicke Loth. Recht hübsch führt er sich ein, vierschrötig, sein Programm, von dem sein Herz voll ist, auf der Zunge tragend; er verachtet als echter Demokrat den Luxus, trinkt keinen Tropfen alkoholischer Getränke, will immerwährend die Reichen belehren und bekehren und die Armen ausfragen über ihr Elend. Die Exposition ist gegeben. Ein junger Schiller hätte sie kühn ausgeführt, vielleicht folgendermaßen: Der Prediger des neuen Evangeliums, der in die Lasterhöhle kommt, sieht erst, dann greift er zum Mittel der Überredung, er wird ein Wortführer, endlich ein Anführer der Unterdrückten, und im Kampfe des Revolutionärs gegen den Zwingherrn des Geldes spielt die Liebe zu Helene ihre Rolle. — Weit gefehlt! Für Hauptmann giebt es nur Si-tuationen. Der nächste Akt zeigt uns den Gutshof mit neuen Niederträchtigkeiten und armen Duldern, der dritte enthüllt den Charakter Hofmanns in seiner ganzen Teufelei, der vierte bringt nur noch das Einzige, was sich als Handlung durch das Ganze hindurchzieht, die Liebe Loths zu Helenen. Immer mehr tritt naturgemäß Loth dabei zurück. Was ein Helden-drama socialer Weltanschauung hätte werden können, wird nur eine Liebesgeschichte. Loth geht vom Reden nicht zum Handeln über. Er wird immer uninteressanter, er scheint ein Schwätzer, ein gewöhnlicher Zungendemagog zu sein. Da-gegen immer herrlicher zeigt Helene ihren Charakter. Sie hat im ersten Akt Loth angestaunt als den ersten Menschen ihrer Bekanntschaft, der etwas anderes kennt als sinnliche Triebe, der sich „mit den normalen Reizen des Lebens be-gnügt". Sie hat ihm zuliebe sofort das Weintrinken auf-gegeben. Wie er, wohl nur um alles umgekehrt zu thun, wie andere Menschen, erklärt, daß seine zukünftige Frau ihm zu-erst ihre Liebe erklären müsse, da thut sie das wirklich. Sie

will den einzigen M e n s ch e n , der in ihr Leben eintritt, nicht
wieder von sich ziehen lassen. Alle Scenen zwischen ihr und
ihm sind entzückend mitten in dem gemeinen Treiben, Blumen
auf dem Mistbeet. Zu reizender Kindlichkeit erhebt sich das
Liebesgetändel im vierten Akt. Hier mußte männiglich erkennen, daß das verfehlte Stück dennoch das Werk eines
Dichters war. Dann aber kommt der Umschwung. Der Zufall greift noch einmal ein und läßt noch einen zweiten
Jugendfreund Loths erscheinen, der als Arzt auch gerade hier
praktiziert. Von ihm erfährt Loth, daß die ganze Familie
Helenens durch erbliches Trinken vergiftet ist. Zu Loths
Programm aber gehört es, daß er nur eine reine, gesunde
Nachkommenschaft zeugen will. Also darf er Helenen nicht
heiraten. Das also ist — voll Erstaunen erfährt es der Leser
oder Hörer — der eigentliche Zielpunkt des Stückes. Was
wie eine sociale Tragödie ausgesehen hatte, kommt auf eine
medizinisch-sociologische Spitzfindigkeit heraus, wie sie der
greise Ibsen manchmal in seine Ideendramen verflicht. Und die
Enttäuschung wird noch ärger, als Loth ganz einfach davon-
geht. Während Helene in ängstlicher Ahnung zwischen ihm
und dem Krankenbett der Schwester hin und her läuft, schleicht
er sich feige davon. Ja, feige! Denn, wenn er auch seinen
Prinzipien zuliebe sie nicht heiraten will, hat er nicht zum
mindesten die moralische Pflicht, sie ihrer schmachvollen Umgebung zu entreißen? Sie sehnt sich ja gar nicht nach Sinnlichkeit — die hat sie zur Genüge; sie sehnt sich nach Rein-
heit und Freiheit! Aber, selbst wenn Loth das auch nicht
mag, ist er nicht wenigstens verpflichtet, mündlich von ihr
Abschied zu nehmen? Und, wenn er selbst dazu zu feige ist,
verdient das herrliche Mädchen nicht mindestens schriftlich
eine Erklärung seines Thuns? Statt dessen macht er es sich
bequem, schreibt ein flüchtiges Lebewohl auf einen Fetzen
Papier und — geht. Bei allen Aufführungen, die ich von
dem Stücke gesehen habe, hat man hier den unheldenhaften
Helden ausgelacht — auch viele Anhänger des Dichters
konnten nicht anders. Man sagt sich unwillkürlich, wenn er
so leicht gehen kann, warum dann soviel Aufhebens von der
Liebe machen? Viel Lärm um nichts! Zum mindesten den
Seelenkampf müßte man doch sehen. Den Monolog Shake-

speares und Schillers verschmäht Hauptmann, nun, dann
hätte er andere Mittel finden müssen. Aber er überläßt alles
dem Schauspieler, und kein Garrik würde solchen Seelenkampf
durch frei erfundenes stummes Spiel in solchem Augenblick
verständlich machen können. Nein, der Grund dafür liegt
darin, daß Hauptmann seinem Erstlingshelden, dem Agitator,
gar nicht nachempfinden kann. Den Marquis Posa ins Na-
turalistische zu übersetzen, ist nicht seine Sache. Es giebt zwar
genug flammenheiß redende und flammenheiß empfindende
Weltverbesserer gerade in unseren Tagen, trotz des Naturalismus, aber die Feuerköpfe kann Hauptmann nicht dichterisch
verstehen. Und nun gar die Theoretiker! Er kennt nur das
still empfindende Gemüt, darum mußte ihm der weltum-
stürzende Mann mißlingen, darum aber mußte ihm auch das
leidende Weib trefflich gelingen. Helene — das ist in einem
Wort die Ausbeute des Sonnenaufgangsdramas. Die Schilderung der verkommenen Zustände ist an sich sehr gut geraten,
aber sie ist nicht neu. Zola und Tolstoi haben dergleichen
längst geboten. Die protzenhaften Bauern sind auch längst
bekannt, und der Hofmann desgleichen. Die Figur, nach der
die junge Generation eigentlich verlangte, der Messias der
Arbeit, ist mißlungen, aber ganz und gar eigenartig erscheint
das leidende Mädchen mitten unter den brutalen Gewalten.
In dieser Art wenigstens ist sie neu. Und wie wahr, wie innig
wahr ist sie. Wie klar und notwendig ist ihr Ende. Verlassen
von einem ehrlosen Schwätzer mitten in der Welt der Ge-
meinheit, sucht sie den Tod und muß ihn suchen. Die ganze
leidende Menschheit erscheint symbolisiert in der Gestalt dieser
Helene. Sie wächst sich zum Typus aus für das Zeitalter
der nervösen Menschen, denen die männliche Kraft verloren
gegangen ist. Sie ist der erste Typus des frauenhaften Zeit-
alters in Deutschland, in dem wir jetzt stehen, wo die Bühnen-
dichter nur noch Frauen oder von Frauen abhängige Männer
schildern können. Helene ist die Vorgängerin all der leiden-
den Bühnenfrauen deutschen Gemüts bis auf Agnes Jordan,
die schwächste ihrer Enkelinnen. Es war innerhalb der Zeit
der Schwäche eine That Hauptmanns, uns von den französischen Buhlweibern, die man bis dahin im deutschen Naturalismus nachgeäfft hatte, zu erlösen, und wieder im deutschen

Sinne das Weib als die stille Hüterin der idealen Sehnsucht hinzustellen. Kann auch Hauptmann im Gegensatz zu den großen Idealisten nicht über das Stadium des unverstandenen Gefühls sich erheben, so ist doch für diese Figur der Helene das Gefühl ausreichend, und das weiblich zarte Talent des neuen Poeten feierte hier einen wirklichen Sieg. War er auch damals nicht der Mann, der Bühne die verloren gegangene Manneskraft wiederzugeben, so gab er ihr doch hier wenigstens die Anmut und die Empfindung zurück. Er hatte sich selbst charakterisiert mit den Worten: „Die Dichter sind die Thränen der Geschichte."

II.

Einsames Gesunden.

Während der Lärm um das Sonnenaufgangsdrama noch in den Zeitschriften und litterarischen Vereinen forttoste, kam die Nachricht, daß der neue Poet bereits ein zweites Schauspiel vollende. Die aufgeregten jungen Litteraten, die sich nach Art kleiner und halber Talente gern zusammenrotten, um in der Gemeinschaft ihre eigene Schwäche weniger zu fühlen und, wie Schillers treffender Spott sagt, „einen Rücken an dem andern zu haben" — sie posaunten den Zukunftsdichter des Naturalismus in alle Winde, priesen seine Dichtung des Häßlichen, erschöpften sich in schmutzigen Motiven und hofften an den Rockschößen des Allgefeierten mit emporfliegen zu können in den Himmel, wo es für artige Modekinder Verleger und Bühnenleiter giebt. Diejenigen aber, die das Althergebrachte und die Ruhe und den Frieden lieben, fürchteten, das neue Drama werde nun ein stürmisches Revolutionswerk werden, werde mit den letzten Resten von Sittlichkeit und Ehrfurcht aufräumen. Alle waren gleichermaßen enttäuscht, als das „Friedensfest" bereits im Juli des Sommers (1890) auf der freien Bühne erschien, der auf den Sonnenaufgangswinter folgte. Und doch war es ein Fortschritt.

Der sanfte Poet, zu dessen weichem Gemüt die lichtblonden Haare und die blauen Träumeraugen so gut passen, hatte keine weltumstürzenden Pläne, als er sich wieder in die Einsamkeit zurückzog. Der allgemeine Spektakel, so erwünscht

er für seine Popularität sein mochte, mag ihm in seinem ner=
vösen Innern vielfach weh gethan haben, denn noch war er den
Kampf der Welt nicht gewöhnt. Stille Seelenprobleme waren
es daher, die ihn beschäftigten. Einen „Loth" zu zeichnen ver=
suchte er zunächst nicht wieder, die Bühnenprobe hatte ihn sein
eigenes Können kennen gelehrt. Stille Charaktere, wie „Helene",
waren, das fühlte er, sein Schaffensgebiet; und was ihn quälte,
war wohl der Gedanke, daß man das Vorgehen seines Loth
diesem Mädchen gegenüber nicht verstanden hatte. So wollte
er denn eine Familie schildern, deren Kinder von kranken El=
tern stammen. Die Familie, die Loth nicht gegründet hatte,
sollte, natürlich in anderer Weise, erstehen und männiglich
davon überzeugen, daß Loths Sorgen berechtigt gewesen seien.
So mag man sich den Gedankengang denken, der vom Sonnen=
aufgang zum Friedensfest führte. Die Agitatoren, denen das
Wohl der großen Massen am Herzen liegt, verbannte er vor
der Hand, und sein sociales Mitgefühl schränkte sich eine Zeit
lang auf einsame Charaktere ein, die mit sich selbst ringen,
oder an ererbten Übeln leiden. Manche äußerliche Ähnlichkeit
mit den Dramen aus Ibsens Altersperiode läuft dabei mit
unter, aber der wesentliche Unterschied, der Ibsen von den
Naturalisten trennt — in meiner Schrift „Ibsen als Idealist"
habe ich dies ausführlich dargethan —, trennt auch Haupt=
mann von Ibsen.

Das „Friedensfest" führt uns in die Mark, in die Gegend
der Kiefernheide, die Hauptmann in Erkner so gründlich
kennen gelernt hatte, und führt uns in ein großes, frostiges,
altertümliches Haus, wo Kinder herangewachsen sind unter
den Augen liebloser Eltern. Der Vater, ein weitgereister
Arzt, hat eine Frau geheiratet, die an Bildung weit unter
ihm steht. Sehr bald ist das Mißverständnis zwischen beiden
Eltern zum Ausbruch gekommen. Der Mann — schwach wie
alle Männer Hauptmanns — ist seelisch an der Verständnis=
losigkeit seiner Frau zu Grunde gegangen. Ein nervöser
Egoist ist er geworden, der die Kinder erst mit sinnlosem
Lernen gepeinigt und dann, als sie aufsässig wurden, sich
selbst überlassen hat. Endlich hat er Frau und Kinder ver=
lassen. Und zwar nach einem fürchterlichen Vorgang: Die
Kinder sind alle drei moralisch verkommen. Die Tochter

Auguste ist eine spinöse alte Jungfer geworden, der ältere Sohn Robert ein nervöser egoistischer Junggeselle. Der jüngere Sohn aber, Wilhelm mit Namen, hat schließlich künstlerische Talente in sich entdeckt, ist aus eigener Kraft Musiker geworden und hat einmal einen musikalischen Freund in das Haus der Mutter geführt. Als der Vater dabei eine Untreue seiner Frau witterte, und in schamloser Weise sich darüber öffentlich aussprach, hat der erzürnte Wilhelm ihn, den eigenen Vater, ins Gesicht geschlagen. Gleich darauf ist er zur Besinnung gekommen und davongestürmt, der Vater aber hat das Haus für immer verlassen. Die Mutter ist einsam mit der Tochter in der großen öden Halle zurückgeblieben, denn Robert hat einen kleinen Kaufmannsposten gefunden. — Das ist die kranke Familie, krank, weil die Eltern nicht zu einander paßten und sich gegenseitig krank machten — krank, weil die Kinder den Zank der Eltern von Jugend auf mit ansehen mußten und keine wirkliche Erziehung genossen!

Diesen kranken Menschen stehen nun gesunde Menschen gegenüber. Wilhelm hat nämlich inzwischen bei einer anderen Familie freundliche Aufnahme gefunden. Das ist die Familie Buchner, die das wohlthuende Gegengewicht gegen die Familie Scholz bildet. Frau Buchner ist gesund in der kerzengeraden Art ihres Wesens, ihre Tochter Ida, Wilhelms Braut, ist gesund in ihrer bezaubernden Liebenswürdigkeit. Wilhelm aber hat, ein umgekehrter Loth, Bedenken gehabt, sein krankes Wesen mit dieser gesunden Ida zu verbinden. Er liebt das Mädchen innigst, aber es erscheint ihm fast als ein Verbrechen, diese Blume in seinen kranken Garten zu verpflanzen. Aber Mutter Buchner ist nicht leicht ängstlich zu machen, und Ida liebt den hübschen jungen Künstler so ehrlich, daß sie voll Vertrauen in die Zukunft sieht. Die Verlobung vollzieht sich, aber eines will den Buchners dabei nicht gefallen, daß nämlich der Sohn mit seinen Eltern und seinem Bruder zerfallen ist. Keine Widerrede Wilhelms hilft, Familie Buchner hält ihren Einzug in die alte große Halle der Scholzens, und am Weihnachtsabend, nachdem Mutter Buchner und Ida mit Mutter Scholz und dem zum Fest herbeigereisten Robert bereits Freundschaft gemacht haben, soll nun auch Wilhelm das Haus wieder betreten. Das Weihnachtsfest soll das „Friedensfest" für die ganze Familie werden. Davon hat das Stück seinen Titel. Ursprünglich sollte es nach Ida der „Friedens= engel" heißen.

„Eine Familienkatastrophe", so lautet der Untertitel des Werkes. Und zur Katastrophe kommt es denn auch natur= gemäß durch den Zusammenprall der Gesunden mit den Kranken. Zwei Welten stehen sich hier — wie es in jedem rechten Drama der Fall sein muß — gegenüber. Die eine Menschengattung versteht die andere nicht. Unheimlich wird es dem Zuschauer wie den Buchners, wenn sich langsam in der öden, kalten Halle, die immer wieder geheizt werden muß, die Gewohnheiten der Scholzens entfalten. Die immer ver= drießliche und reizbare Mutter; die immer launenhafte, zum Übelnehmen stets bereite und hysterisch zänkische Tochter Auguste, der Sohn Robert, mit seinem mokanten, „perfiden" Ton, der der Mutter die unglaublichsten Dinge in das Ge= sicht sagt! Und nun kommt gar, ganz von ungefähr und von niemandem erwartet oder erwünscht, der Vater Scholz an= gereist. Ein Zufall führt auch ihn zu dem Versöhnungsfest. Er fragt gleich nach seinem Diener Friebe, den er ebenso liebt, wie seine Frau diesen haßt; der Vater hat nur ein paar kurze Worte an seine Angehörigen und eilt hinauf, um mit seinem Diener allein zu sein. Endlich wird Wilhelm von Ida in die große Halle hereingeführt, stöhnend bei jedem Schritt. Das Bewußtsein seiner unnatürlichen Handlungsweise gegen den Vater lastet auf ihm. Er macht der Mutter Buchner und seiner Ida Andeutungen darüber, und zum erstenmal steigt in diesen die Ahnung auf, daß ihr Eingreifen in den Scholz= schen Familienzwist vielleicht doch vom Übel sein könne. Unter diesen Ahnungen endet der erste Akt. Der zweite beginnt, unmittelbar anschließend, mit einem offenen und ausführlichen Geständnis Wilhelms an seine Braut über seine Schuld. Dann erscheint der Vater unten. Wilhelm, den Rat der Buchners befolgend, wirft sich ihm zu Füßen und fleht um Verzeihung. Er erhält sie sofort. Wie ihn seine Nervenauf= regung gleich darauf in eine Ohnmacht verfallen läßt, ist der Vater sogar am besorgtesten und trifft besonnen und liebevoll seine ärztlichen Anordnungen. Alles ist erstaunt über seine Güte. Sogar der kalte Cyniker Robert fühlt sich gemüßigt,

um eine Unterredung unter vier Augen den Bruder zu
bitten und ihm die Hand zur Versöhnung zu reichen. Alles
scheint ausgeglichen. Da beginnt die Weihnachtsbescherung.
In Roberts Augen ist sie eine Kinderei. Das Geschenk, das
Ida ihm bietet, weist er verletzend zurück. Er liebt dies
Mädchen heimlich und mag nicht die Brocken, die von des
Bruders Tische fallen. Das verletzt Wilhelm, und wie bald
darauf aus dem Nebenzimmer Idas Stimme ertönt, die Weih=
nachtslieder singt, da tritt Roberts Cynismus kraß ans Licht,
Wilhelms Leidenschaftlichkeit bricht wild hervor, der Vater,
dessen Milde nur die Schwäche des Todkranken war, ver=
fällt in einen Ausbruch des längst in ihm schlummernden Ver=
folgungswahns, und jählings ist die Katastrophe da. Der Vater
fürchtet sich vor Wilhelms Umarmungen, fürchtet mit der Feig=
heit des Wahnsinnigen neue Mißhandlungen von ihm und
sinkt, vom Schlage getroffen, nieder. — Der dritte Akt bringt
nur noch die Nachlese und das Ausklingen. Jetzt erst erfahren
wir, was zwischen den Gatten gestanden, jetzt, wo der Vater
nebenan im Sterben liegt. Noch einmal treten die Brüder
einander gegenüber, als Robert, kalt, egoistisch. nach seiner
Art, davon gehen will. In prächtigem Gegensatz stehen noch
einmal die Beiden. Beide wissen, daß sie verpfuscht sind für
ihr ganzes Leben. Aber sie unterscheiden sich sehr in der Art,
wie sie sich mit ihrem Schicksal abfinden wollen. Robert, der
Cyniker, weiß, daß er nicht unter Menschen taugt, daß er keine
Lebensaufgabe erfüllen kann, daß er ein Kranker ist, der in
der Einsamkeit leben und alle wärmeren Empfindungen von
sich abweisen muß. Wilhelm ist der junge Idealist, der an=
kämpfen möchte gegen sein Schicksal, und es doch nicht über=
winden kann. In Augenblicken der ruhigen Selbstprüfung
sieht er seine Zukunft vor Augen — er wird Ida unglücklich
machen. In ihm schlummert der Keim zum Verfolgungswahn
des Vaters, in ihm der Keim des Tyrannenwahns. Er wird
ein ebenso unkluger und ungerechter Vater werden, wie sein
eigener Vater war. Aber er vermag sich auch nicht von Ida
zu trennen. Der scheidende Robert rät ihm dringend dazu,
Wilhelm hält das aber für Perfidie des Bruders, und, wie
er es doch versuchen will, von der Braut zu lassen, da gewinnt
er es nicht über sich. Er bleibt und läßt sich von ihr an das

Totenbett des Vaters führen. Der Vorhang fällt, und der Zuschauer mag das Weitere erraten.

So steht also Wilhelm Scholz in schnurgeradem Gegensatz zu Loth. Der Held des Sonnenaufgangsdramas war der Mann seiner Gedanken, der Vollführer seiner Grundsätze. Wilhelm ist zu schwach dazu, er weiß das Bessere und wählt das Schlechtere. Dafür aber ist er auch kein hohler Programmmensch, keine wandelnde Agitatorphrase wie Loth, sondern Wilhelm ist ein wahr und tief empfundener Charakter. Von allen bisher erschienenen Stücken Hauptmanns ist keines mit so absoluter Vollendung durchgeführt, wie dies. Jede Figur lebt, nicht nur die Kranken, auch die Gesunden. Eine Fülle von Lebenswahrheit und eine starke, spannende Seelenhandlung. Freilich wird es auch immer das unpopulärste Drama Hauptmanns bleiben, denn es liegt allzusehr fern für alle Menschen der That und des Lebens. In die große Halle mitten in der märkischen Kiefernheide führt kein betretener Weg. Es ist ein feines Stück Arbeit, dies sozusagen in Kupfer ciselierte Lebensbild, aber es ist freilich Atelierkunst. Es ist das Drama der Nervosität, das einzige, das unser nervöses Zeitalter hervorgebracht hat. Im Sinne der gesunden Fortentwickelung der Menschheit müssen wir wohl sagen: „Zum Glück das Einzige!" Denn es wäre schrecklich, gäbe es mehr so lebenswahre Darstellungen der tiefsten und bedauernswertesten Epoche im Empfindungsleben der Menschheit. Die Nervosität zu vernichten, ist die Aufgabe der Kultur, nicht, sie zu verewigen. Aber vom rein künstlerischen Standpunkt aus kann es kaum etwas in sich Vollendeteres geben, als dies „Friedensfest". Nie wieder hat Hauptmann eine so fleckenlose Arbeit geliefert.

Was aber vor allem in die Augen fällt, das ist das völlige Verleugnen der im „Sonnenaufgang" angekündigten Neuerungen des Stils. Im Gegensatz zu dem losen Aneinanderreihen der Bilder in jenem Drama, hier eine fest geschlossene Bühnendichtung, die allen technischen Anforderungen entspricht. Eine ununterbrochene Seelenhandlung, und Seelenhandlung ist ja in Wahrheit seit den ältesten Zeiten die Handlung des Dramas. Ausdrücklich beruft sich ein Motto, das dem „Friedensfest" vorgedruckt ist, ein Citat aus Lessings

Abhandlung über die Fabel, darauf, daß so die Handlung des Dramas aufzufassen sei. Goethe und Schiller haben den Begriff auch nicht anders gefaßt. Und in demselben Sinne ist auch das folgende Bühnenwerk Hauptmanns ein echtes Handlungsdrama.

Es betitelt sich „Einsame Menschen" (1890). Auch die Menschen im Friedensfest waren einsam, und auch in dem neuen Stück ist wieder eine Villa in der märkischen Land=schaft der Schauplatz. Auch hier wieder trägt eine Frau, die ihren Mann nicht versteht, die Schuld an dessen Untergang. Auch hier also ist ein Schwächling der Held des Schau=spiels, sofern das nicht ein Widerspruch des Ausdrucks ist.

Ein Gelehrter wohnt einsam mit seiner Frau, deren Geld ihn den Sorgen des Lebens entrückt hat, deren Liebe ihn freundlich umgiebt, deren Geist aber den seinen nicht verstehen kann. Desgleichen verstehen ihn seine Eltern nicht, denn sie sind fromm, und er ist ein moderner Freigeist. Auch sein Freund Braun, ein junger Maler, hat kein Verständnis für ihn, nicht einmal für die zarten Saiten seines Herzens. Denn Johannes Vockerath steht auf dem Standpunkte, daß es kein Abfall von seiner geistigen Freiheit ist, wenn er den alten Eltern zuliebe sein Kind taufen läßt, was Braun aber für eine große Schwäche hält. Mit diesem Tauffest beginnt das Stück. Johannes' Liebenswürdigkeit bewirkt es, daß der Pastor und der Vater kein Glück haben mit ihren Sticheleien auf des Sohnes Gottlosigkeit und darwinistische Ketzerei. Da erscheint eine Freundin Brauns, eine Züricher Studentin. Sie kommt in Johannes' Haus, und dieser erkennt in ihr so=fort die geistreiche Frau. Sie wird genötigt, ein paar Wochen in der Villa zu bleiben, und rettungslos kommt es zur Kata=strophe. Johannes verliebt sich in sie, ohne es zu ahnen. Die junge Frau geht daran zu Grunde, der Mutter blutet das Herz, aber Johannes veranlaßt die Anna Mahr immer wieder zur Verlängerung ihres Aufenthaltes. Wie sich end=lich seine Eltern ins Mittel legen und Anna geht, stürzt er sich verzweiflungsvoll in den „Müggelsee".

Der Held dieses Stückes ist ohne Zweifel ein Schwäch=ling und soll ein solcher sein. Er hat eine Bedeutung in seiner wissenschaftlichen Thätigkeit, und diese kann leider nicht

für das Drama verwertet werden. Wir lernen ja den Inhalt
seines Manuskripts nicht kennen, können also nicht wissen, in=
wiefern dieser Inhalt desselben das Wesen rechtfertigt, das
der junge Autor davon macht. Denn in der That gehört Jo=
hannes zu den Skribenten, die ihre ganze Umgebung mit
ihren Arbeiten tyrannisieren. Er mag dahin gekommen sein,
weil niemand zur Hand ist, der ihn verstehen kann oder will.
Aber, statt sich nach Art großer Naturen in sich selbst zurück=
zuziehen und die großen Gedanken allein bei sich zu Gast zu
bitten, wie Nietzsche, der Einsame, wie Kant, der Junggeselle,
statt dessen redet er sich ein, die Teilnahmlosigkeit der Seinen
hindere ihn am Schaffen. Daraus geht hervor, daß er auf
alle Fälle nur ein Talentchen ist. Weltbewegend können seine
Ideen nicht sein, sonst würden sie zunächst seine eigene innere
Welt so bewegen, daß er gar nicht an der Ausführung ver=
zweifeln könnte. Es ist gewiß ein großes Unglück für einen
Mann, nicht verstanden zu werden von seinem Weibe. Aber
daran zu Grunde gehen kann nur ein Schwächling, zumal
wenn das Weib sonst so fügsam, still und lieb ist wie Frau
Käthchen. Und in der That bemerkt das tiefer blickende Auge,
daß in Hauptmann sich langsam ein Wandel der Anschauung
vollzieht. Er steht selber nicht mehr ganz auf Seiten des
nervösen Helden. Ganz deutlich liest man aus manchen
Äußerungen der Anna Mahr heraus, daß diese selbst nicht so
völlig eingenommen ist von dem guten Johannes, wie dieser
von ihr. Die kühne Jungfrau, die, dem gesellschaftlichen Vor=
urteil zum Trotz, sich den Studien widmet, kann doch un=
möglich an einen Schwächling, wie dieser Johannes einer ist,
durch etwas anderes gefesselt sein, als durch die vorüber=
gehende Anziehung des Gegensatzes! Sie ist die Besonnene,
sie ahnt früh, daß sie Unheil stiftet, sie erkennt die Vorzüge
Käthchens, ihre älteren Rechte und ihr gutes Gemüt an.
Desgleichen ist Käthchen voller Bewunderung für die kluge
und doch so weibliche Anna. Sie erklärt, sie wisse wohl, daß
diese viel besser sei, als sie. Rein und gut stehen also hier
zwei Frauen einander gegenüber, die ein jammervoll schwacher
Mann in den Strudel seiner nervös schwächlichen Leidenschaft
hinabreißt. In dem letzten Gespräch, das im vierten Akt
Johannes und Anna führen, mahnt sie ihn an das Leid, das

er den Seinen bereite. „Ja, aber Sie sagten doch sonst selbst immer, man soll die Rücksicht auf andere nicht über sich herrschen lassen; man soll sich nicht abhängig machen!?" Fein antwortete darauf Anna: „Aber, wenn man abhängig ist?" Das Wort kann hier verschieden verstanden werden. Eigentlich aber charakterisiert es den ganzen Johannes. Er ist der Typus des abhängigen Menschen. Er kann nicht arbeiten ohne Anteilnahme anderer; er glaubt sich frei zu machen von seinen äußeren Ketten, die ihn an Käthchen fesseln, und wird der Sklave seiner Neigung zu Anna. „Ich habe mich selbst gefunden und werde nur ich selbst sein. Ich selbst, trotz Euch allen!" So ruft er am Schlusse des dritten Aktes, und weiß gar nicht, daß er gerade jetzt nur noch ein Geschöpf des Willens Annas ist, deren Gedankenwelt ihm zur Lebensatmosphäre wird. „Ja, aber Sie sagten doch —", wie deutlich gemahnt diese Ausdrucksweise an den Schulknaben vor dem Lehrer! Er nimmt es aller Welt übel, daß man seinen Verkehr mit Anna als ein Verhältnis auffasse, da es doch fern ist von aller Sinnlichkeit. „Das Tier will nicht mehr das Tier ehelichen, sondern der Mensch den Menschen. Freundschaft, das ist die Basis, auf der sich die Liebe erheben wird." So sagt Johannes wunderschön. Aber ist denn die Freundschaft an den Ort gebunden? Kann die Freundschaft keine räumliche Trennung überdauern? — „Keiner ist vertraut mit der idealistischen Liebe, jeder glaubt an die gemeine, und so pflegt, so gönnt man kein Glück, das aus jener höheren entspringt ... ja natürlich, so wie sie in einem höheren Sinne nur sich befriedigt fühlt, so kann sie auch nur in einem erhabeneren Elemente leben." So schrieb Bettina von Arnim an Goethe gelegentlich des Erscheinens seiner „Wahlverwandtschaften", deren tragischer Abschluß sie verletzt hat. Solch eine Freundschaftsliebe könnte Johannes auch an Anna fesseln, wenn sie fort wäre; aber nein, will sie verreisen, so will er auch verreisen, ungeachtet der schrecklichen Qualen seiner Frau will er nach Zürich verziehen. Kaum ist Annas Zug nur abgefahren, so rast er schon hinunter in den See. Er war weder die Liebe einer Anna wert, noch die einer Käthe. Diese Ärmste ist langsam in Geistesstörung verfallen. Sie war noch nicht ganz gesund vom ersten Kinde her. Am Tauftage

hat sie selbst auf das Verlangen des grausamen Johannes
hin Anna zum Bleiben einladen müssen. Von da ab hat sie
nur noch böse Worte gehört. Bei der kleinsten Gelegenheit
fährt Johannes sie an, nur um dann, besiegt von ihrer Groß-
mut und rührenden Treue, sie wieder in die Arme zu schließen
und von neuem geistig zu mißhandeln! Zuletzt in seinem
vollen Liebesrausch für Anna behauptet er trotz alledem, sein
Verhältnis zu Käthe sei tiefer geworden. Wie recht hat Anna,
wenn sie ihm nicht mehr traut, auch nicht in Hinsicht der
Unsinnlichkeit seiner neuen Liebe. „Wenn es Käthe gelänge,
zu leben neben mir, dann .. dann würde ich mir selbst doch
nicht trauen können. In mir ... in uns ist etwas, was den
geläuterten Beziehungen, die uns dämmern, feindlich ist, auf
die Dauer auch überlegen, Herr Doktor." Sie sieht klar,
er aber ist im Nebel. Auch Käthe sieht klar. Aber Käthe
sucht den Tod nicht. Das schwache Kind ist stark genug, so
lange zu ringen, bis ihr Geist erliegt, aber nicht ihr Mut.
Johannes, der Feigling, wirft sich ins Wasser, fünf Minuten
nach dem Abgang seiner Anna. Es ist kein Zweifel, Hauptmann hat hier den Typus des nervösen Weibmannes der mitleidigen Verachtung übergeben wollen. Im „Friedensfest"
stand er noch völlig unter dem Banne dieser Charaktere, wie
eine Verteidigung derselben liest sich jenes ergreifende Drama.
Hier aber fängt er an, dies Weisheitsstadium zu überwinden.
Und auch eine weitere Klasse von Figuren läßt er hinter sich,
die Loths. Anna Mahr sagt einmal von Braun, dem Maler:
„Er hat etwas imputiert erhalten: gewisse social-ethische
Ideen, oder wie man sie sonst nennen will; und daran haftet
er nun, daran klammert er sich, weil er allein nicht gehen
kann. Er ist keine starke Individualität als Mensch, wie sehr
viele Künstler. Er getraut sich nicht, allein zu stehen, er muß
Massen hinter sich fühlen." Gewiß ist dieser Braun nichts
weniger als eine Wiederholung des Loth-Charakters. Dieser
Maler, der seine Faulheit damit entschuldigt, daß es gleich
sei, ob man einen Tag früher oder später berühmt werde, der
den Johannes eine Kompromißnatur nennt, weil er den alten
Eltern zulieb sein Söhnchen taufen läßt — gewiß steht er
viel tiefer als der ehrliche Loth, aber das Wort Annas bezieht
sich auch auf die Loths. Es sind eben wandelnde Programm-

menschen, Schematiker, auch von ihnen sagt sich Hauptmann los. Der schwankende Johannes, der im selben Augenblicke dem Braun nachlaufen will, wo er ihn überwunden zu haben glaubt, und der den armen Eltern vorwirft, sie hätten ihn gebrochen durch ihre Liebe, ist eben der Ausdruck des Übergangsstadiums. Zwischen den Loths und den Vockeraths hindurch soll es hinausgehen ins Land der selbständigen Kraft, das Anna andeutet mit den Worten: „Auf der einen Seite beherrschte uns eine schwüle Angst, auf der andern ein finsterer Fanatismus. Die übertriebene Spannung scheint nun ausgeglichen. So etwas wie ein frischer Luftstrom, sagen wir aus dem zwanzigsten Jahrhundert, ist hereingeschlagen. — Meinen Sie nicht auch, Herr Doktor?" Aber der Herr Doktor meint anders, denn er ist ja noch in dem Stadium der schwülen Angst, wie Braun in dem des Fanatismus. Schade, daß Hauptmann diese Anna Mahr nicht zur eigentlichen Heldin gemacht hat. Dann wäre es ein Zukunftsdrama geworden. So hat es eigentlich nur Interesse für das Studium der Entwickelung des Dichters. Denn, da diese Zukunftsgedanken nur episodisch auftauchen, so stellt es sich als ein Gegenwartsdrama der Nervosität doch nur neben das Friedensfest, dem es künstlerisch freilich weit nachsteht.

Da aber die „Einsamen Menschen" das konventionellste der damaligen Bühnenwerke Hauptmanns waren, so wanderten sie zum erstenmal von der freien Bühne in das deutsche Theater, wo Direktor L'Arronge sich das Verdienst erwarb, einen neuen Autor dem großen Publikum vorzustellen. Da aber die schrittweise Entwickelung des Stückes doch dem Bühnenpraktikus zu zart erschien, um für fünf Akte auszureichen, so strich man einen davon — gerade den dritten! Das Stück wirkte übrigens in keiner Weise nachhaltig. Es kam nicht zu viel Aufführungen und ist auch unter der Brahmschen Direktion schnell wieder verschwunden. Zuletzt brachte es der Italiener Zacconi wieder nach Berlin, wie es denn auswärts vielfach als typisch für Hauptmann gilt. Es ist eben das Stück, das der Konvention am nächsten kommt. Ein Wiener Kritiker nannte es gar einen Gartenlaubenroman.

Inzwischen erwachte in dem nun mehr und mehr gesundenden Autor der sociale Drang wieder. Er wanderte in seine schlesische Heimat, um Studien über die Weber des Eulengebirges zu machen, von deren Hunger und Elend damals alle Blätter voll waren. Doch ehe wir diese neue Richtung Hauptmanns verfolgen, gliedern wir hier die letzte seiner Seelenmalereien aus dem nervösen Zeitalter an, weil sie den Schlußstein in der Entwickelung des jungen Dramatikers bezeichnet. Es entstand so ziemlich gleichzeitig mit den Webern. „Kollege Crampton" ist sein Titel (1891).

Auch hier wieder ein Held, der kein Held ist. — Der Maler Professor Crampton, der eine adelige, aus vornehmer, aber geistig armer Familie stammende Frau geheiratet hat, ist ebenfalls an dieser seiner Frau zu Grunde gegangen. Zwar ist er nicht wie Vockerath ins Wasser gesprungen, aber Wein und Bier haben ihn verlockt. Freilich ist er ein herzlich schwacher Riese, der als anerkannter und schaffenskräftiger Künstler sich dem Trunke ergiebt, weil seine Frau ihn nicht versteht! Er ist also in der That auch nur einer von dem Geschlecht der unverstandenen Ehemänner! Aber wie hat sich der Standpunkt des Autors diesen Weibmännern gegenüber verändert! Wirkten sie früher in den Tragödien stellenweise fast unfreiwillig komisch, so ist Crampton jetzt in das Licht der Komödie gerückt, und hier, ja hier können solche Männer tragisch wirken. Denn die wahre Komödie ist nur das Gegenbild der wahren Tragödie. Sie belächelt, was jene beweint, sie spottet zu Tode, was jene erdolcht. Für den Dolch der Tragödie nun scheinen die Männer der Schwachheit zu geringfügig, unter dem Lächeln des Komikers aber wirken sie rührend. Und darum ist er eine so prächtig herzbewegende Figur geworden, der gute alte Crampton. Im ersten Akt, wo er seine Trinkereigenschaften langsam entfaltet, wo er sich den jungen Akademikern gegenüber aufspielt und sich als den Günstling des Herzogs hinstellt, wirkt er noch wenig sympathisch. Er scheint ein gewöhnlicher Trinkenommist zu sein. Aber schon das humane Wohlwollen, mit dem er den jungen Strähler tröstet, der von der Akademie seiner Jugendstreiche wegen ausgeschlossen ist, zeigt, daß etwas Besseres in Cramptons Seele schlummert. Wie er, der Herr Professor, dann im nächsten Akt vom Herzog ignoriert und selbst entlassen wird aus seiner Stellung, wie da sein Groll losbricht, und

im Augenblick der tiefsten Schande sein lang unterdrückter
Stolz auflebt, gewinnt er schnell die Herzen. Und um so
klarer ist das Gefühl des Zuschauers für ihn, weil diesmal
der Dichter selbst keinen Augenblick schwankt in seiner Stellung
gegenüber seinem Helden. In der Figur der liebenswürdig
mitleidigen Tochter, die er dem Vater zur Seite gestellt hat,
zeigt er, welches Gefühl er für seinen Crampton verlangt:
nicht Bewunderung, nicht Entschuldigung, nur Mitleid!
Und diese Eigenschaft des menschlichen Herzens ist ja besonders
für die Schwächlinge vorhanden. Hauptmann stellt diesmal
nämlich eine kerngesunde Familie dem kranken Helden gegenüber, ähnlich wie die Buchners mit den Scholzens kontrastier-
ten. Aber diesmal weht nicht die Luft aus der öden Kranken-
halle durch die ganze Dichtung, sondern die Luft der Gesundheit ist es, die in Cramptons einsame Zelle siegreich eindringt.
Familie Strähler ist es, die diesmal das Rettungswerk voll-
führt. Derselbe Jüngling, der um seiner jugendlichen Thor-
heiten willen aus der Akademie entfernt wurde, hat einen
Bruder, reich wie er selbst, sein Vormund. Es ist ein präch-
tiger Mensch, der erste und bisher einzige vollsaftige Mann,
den Hauptmann gezeichnet hat. Seine breite Gutmütigkeit,
sein jovialer Spott, seine Welterfahrung und Menschen-
kenntnis haben sich bei ihm verbunden mit einem wunder-
vollen humanen Zug. Er läßt seinen Bruder austoben, er
will ihn in der freien Entfaltung seiner Kräfte nicht schul-
meisterlich hindern. Er läßt sein Talent sich frei entwickeln,
ohne sich jemals durch Künstlergrillen oder jeweilige Künstler-
eitelkeit des Jüngeren imponieren zu lassen. Mit seiner
Schwester herrscht er in seinem Heim, das dem jüngeren
Bruder zum Elternhaus geworden ist. Und wie der Jüngere
die Hülfe des Älteren anruft, um den brotlos gewordenen
Crampton zu retten, da hat er äußerlich wieder seinen hänseln-
den Spott, dem aber der verletzende Stachel fehlt, innerlich
aber ist sein gutes Herz sogleich bereit. Freilich glaubt er
nicht an eine Rettung des schon allzutief gesunkenen Mannes,
aber er erfreut sich doch an der Naivität des Brüderleins, das
die Welt noch mit so rosigen Augen, mit so unverwüstlichem
Optimismus ansieht. Und herzerfrischend kommt dieser Optimismus des jüngeren Strähler zum Ausdruck. Wie er den

Lehrer liebt, trotz seiner unverbesserlichen Schwäche! Wie er zu
ihm aufblickt! Wie er des Lehrers Tochter liebt, seine junge
Braut! Wie naiv er in die Ehe hineinspringt, er, der Neun=
zehnjährige! Wie er das Atelier des kranken Künstlers dicht
neben dem seinen aufschlagen läßt, nur um diesem dadurch
die Arbeitslust wieder zu erwecken! Das sind Figuren und
Scenen, die dem Hörer das Herz aufgehen lassen. Hier quillt
es von Hoffnung, von Frische, von Jugendlichkeit! Natürlich
wurden gerade diese Figuren um ihrer Gesundheit, um ihrer
roten Wangen und heißen Herzen willen von den eigentlichen,
eingeschworenen Hauptmannpropheten verworfen! Das wären
nur unwirkliche Schattenbilder, denen die Eigenart und Lebens=
kraft fehlte. Als ob nur das Kranke eigenartig sein könnte!
Als ob sich Gestaltungskraft nur bei der Auspinselung von
Originalen zeigte! Als ob es nicht eine viel echtere und in
der That auch viel schwerere künstlerische Aufgabe wäre,
regelrecht gestaltete Menschen so interessant zu bilden, wie
solche, bei denen eine rote Nase oder ein konfuses Wesen schon
von selbst die Aufmerksamkeit fesselt! Als ob die ganze Kunst
das Erbe des Karrikaturenzeichners werden sollte! Nein, als
Hauptmann diese Welt der Frische in seine Cramptonkomödie
hineinwehen ließ, da ward das Wort seiner Anna Mahr zur
Wahrheit. Das war ein Hauch aus dem zwanzigsten Jahr=
hundert, denn, will's Gott, soll uns das neue Säkulum wieder
ganze, starke, frische Menschen bringen! Symbolisch über=
windet in diesem Stück dieses zwanzigste Jahrhundert mit
seiner Jugendlichkeit die „Fin de siècle“ = Menschen des
sterbenden neunzehnten! Denn dies Fin de siècle=tum wird
so recht verkörpert durch Kollege Crampton selber! Er ist der
Mann mit dem heißen Sehnen im Herzen und dem schlaffen
Willen! Was hat ihn in seinen Zustand gebracht? Wirklich
bloß seine Frau? Bedauernswerter Crampton! Wie viel
Lot eigene Kraft hast du denn in den Kampf deiner Ehe mit=
gebracht? Oder war es die ihm innewohnende Trägheit?
Ist er eine ältere Entwickelungsstufe des Kollegen Braun aus
den „Einsamen Menschen“? Gleichviel, er zeigt in der Zeit
seines Freilebens, daß allerdings etwas in ihm war. Er sitzt
in einem gräßlichen Kämmerchen dicht neben dem Gastzimmer
des Bierwirtes, der sein Hauptgläubiger ist. Beständig

lärmt nebenan der widerliche Spektakel der Kneipe, beständig
fließt nebenan der Bierhahn, und eine junge Kellnerin, die
sich für den alten Sonderling interessiert, bringt ihm so oft
frischen Trunk, als er es begehrt. Dabei fühlt er sich groß und
frei, er, der doch in Wahrheit von Almosen lebt, denn sein
Bier bezahlt er nicht, und für das Kämmerlein erhofft der
Wirt Entschädigung von des Professors reicher, adeliger
Schwägerschaft. Crampton aber, im ewigen Rausch, dünkt
sich ein König. Sein Irrtum ist eine krasse Fortsetzung des
Irrtums des Johannes, der sich als Verteidiger seiner Un=
abhängigkeit und seines Selbst fühlte, als er in tiefster, frei=
williger Abhängigkeit von Anna stand. Crampton schilt
nach seiner Weise auf die jungen Akademiker, die zu ihm
kommen zum Kartenspiel, er sieht in ihnen Ignoranten, weil
sie Swift und Smollet, Thakeray und Dickens oder
E. T. A. Hoffmann nicht kennen. Weil sie den Boccaccio
unmoralisch nennen, spricht er ihnen den Sinn für Grazie
ab: „Ihr liebt wie Gorillas!" Der nüchterne Realismus
der jungen Künstlerschaft, die nur in ihrer Einseitigkeit auf=
geht, ist ihm zuwider, während sein Bildungsstreben uner=
sättlich ist. „Ich brauche nicht essen, aber lesen muß ich"....
Er lacht über die Akademie, über die „Drillanstalt!" Er
singt in seiner Einsamkeit zur Mandoline die „Santa Lucia".
Den Antrag der eindringenden Stubenmaler, daß er in ihrem
Auftrage malen soll, nimmt er mit stolzer Reserviertheit ent=
gegen, aber das Freibier, zu dem sie ihn einladen, nimmt er
gern an. Als dann der kleine gute Strähler erscheint und
ihn entführen will, geht er erst mit, wie ihm eingeredet wird,
er solle Schwester Agnes malen, dann aber giebt er dem
Stubenmalermeister auch gleich einen vornehmen Fußtritt.
Und an dem Glanz des neuen Ateliers, das Max Strähler für
ihn eingerichtet hat, mäkelt er erst gehörig herum. Erst wie
man ihm einredet, er solle es teuer bezahlen, ist er einver=
standen. Er weiß ja, daß er keinen Heller erlegen wird, aber
er will sich das Bewußtsein der Unabhängigkeit vorlügen.
Und wie Max Strähler ihm gar seine Gertrud noch wegfischt
und Crampton weiß, daß er mit dem jungen Paare zusammen
fortleben darf und soll, da verbirgt er seine Rührung, die er
um keinen Preis zeigen will, hinter einem immer wieder=
holten „So'n dummer Kerl!"

So ist Crampton das letzte Stadium der Schwächlinge, die Ruine des reich begabten Geistes, der an sich selber zu Grunde ging. Denn auch das ewige Hindeuten auf die unverständigen Frauen ist nicht viel besser als eine Ausrede! Wer an so etwas scheitert, war eben nie ein Mann! Das weiß jetzt auch Hauptmann, und fordert nur noch ein hier und da durch Thränen gemildertes Lächeln für diesen Typus von uns.

Daß gerade die gesunden Elemente in der Handlung es waren, die für das Aufrechterhalten der guten Stimmung bei der ersten Aufführung des Stückes sorgten, bewies die Erfahrung. Der sieghafte Frohsinn des Hauses Strähler gab dem Publikum den Optimismus, sich an Crampton ohne peinliche Nebengedanken zu erheitern. Herr Nissen, der den Adolf Strähler spielte, hatte indirekt so viel Anteil an dem Siege des Lustspiels, wie die geniale Komik von Georg Engels, der den Crampton vorbildlich darstellte. Sein schauspielerischer Erfolg war so groß, daß die Beifallspender das Hausgesetz des „Deutschen Theaters" durchbrechen und den Künstler vor die Rampe zwingen wollten. Da mußte es denn einmal verkehrte Welt werden, und der Autor dankte im Namen des Darstellers. Und daß in der That der Erfolg dieser Komödie an die Gestalt und Mitwirkung von Engels geknüpft erschien, ergab der Umstand, daß in Berlin das Stück weit über hundertmal gegeben wurde, während es an auswärtigen Theatern bei starken Achtungserfolgen blieb. Das lag daran, daß Hauptmann in Hinsicht der Technik wieder fast bis auf den Standpunkt des Sonnenaufgangsdramas zurückgesunken war. Die losen Bilder zeigen nicht mehr die von Lessing geforderte Folge von verschiedenen Gedanken, wo eine die andere aufhebt, auf die sich das Friedensfest berief.

Die Tamtamschläger der eingeschworenen Gilde beeilten sich natürlich, als neuestes von Hauptmann erfundenes Gesetz auszugeben, daß von nun an in einem Schauspiel nur noch ein Charakter, im Vordergrund stehend, mit seinen jeweiligen Geschicken das lose Band der Vereinigung für die wechselnden Bilder geben dürfe, und jedes Zusammenfassen der Gestalten zu großen Aktgruppen vom Übel sei. Sie wurden von ihrem jungen Heros gleich darauf arg auf die Finger geklopft, da

dieser in seinem gleichzeitig entstandenen Weber-Drama gar
keine durchgehende Charakterfigur, sondern nur noch einzelne
Aktgruppen zu schaffen sich erlaubte. Aber die fanatischen
Steiniger des jungen Emporkömmlings, die bisher trotz des
rasenden Lärms seiner ihm wahrscheinlich höchst lästigen Geleit-
schaft keine wirklichen Erfolge von ihm zu erblicken vermochten,
und in den „Einsamen Menschen" freilich auch keine Offen-
barung sehen konnten, erkannten hier zum erstenmal zu ihrem
Erstaunen, daß Hauptmann wirklich zu packen vermochte auf
der Bühne. Die Verständigen aber, die über die thörichten
Vergleiche des neuen Messias mit Schiller und Goethe, Shakespeare und Molière stets gelacht, aber das starke und echte
Talent des jungen Bühnencharakteristikers stets mit Freude
reifen gesehen hatten, erfreuten sich von ganzem Herzen bei
dem Erscheinen des Crampton, daß sein Autor in seiner Weltanschauung so prächtig zu gesunden begann.

III.

Das Wiedererwachen des socialen Gedankens.

Später erst als der „College Crampton" erschienen die
„Weber" auf der Bühne[1], aber vollendet waren sie schon vor-
her. Bald nach Beendigung der „Einsamen Menschen" war
Hauptmann, wie schon gesagt, in das ihm so heimische schlesische
Gebirge gewandert und hatte da Nachrichten über den großen
Weberaufstand der vierziger Jahre gesammelt. „Wenn ich
Dir, lieber Vater, dieses Drama zuschreibe, so geschieht es aus
Gefühlen heraus, die Du kennst, und die an dieser Stelle zu
zerlegen keine Nötigung besteht. Deine Erzählung vom Groß-
vater, der in jungen Jahren, ein armer Weber, wie die Ge-
schilderten hinterm Webstuhl gesessen, ist der Keim meiner
Dichtung geworden, die, ob sie nun lebenskräftig, ob morsch
im Innern sein mag, doch das Beste ist, was ‚ein armer

---

[1] Vollendet wurde das Stück 1892 und erschien bald darauf im
Fischerschen Verlag in Druck. Aufgeführt wurde es auf der Freien
Bühne am 26. Februar 1893, im Deutschen Theater erst am 25. Sep-
tember 1894.

Mann, wie Hamlet ist,' zu geben vermag." Diese Widmung, die Hauptmann seinem Weberdrama vorgesetzt hat, bezeugt zur Genüge die innere Verwandtschaft Hauptmanns mit seinem Stoffe.

In seinen bisherigen nervösen Dramen mochte er Stimmungen seines eigenen Innern niedergelegt haben, in den ‚Webern' spricht sich seine sociale Weltanschauung aus. Die Figuren der Seelendramen waren subjektive Stufen seiner seelischen Selbsterziehung, die Weber sind ein objektiv aus der Beobachtung gewonnenes Bild, mit dem allerdings der Autor verwachsen ist seit seiner frühesten Jugend. Die nervösen Stimmungsdramen lagen weitab von der Heerstraße des Lebens. Die Weber dagegen spielen sich in dem Gebiete ab, durch das der Zug der neuen Geistesgeschichte mitten hindurchgeht. In losen Bildern zeigt das Stück das Leid der Darbenden, gewissermaßen immer wieder dieselbe Situation wiederholend und steigernd. Das erste Bild führt uns in diese Situation ein. Am lebendigsten und deutlichsten entfaltet sie sich an dem Tage, da die Weber ihre mühsam gefertigte Arbeit zum Verkaufe tragen. Ein großes, kahles, graugetünchtes Zimmer bildet den geschäftsmäßig melancholischen Hintergrund. In langen Scharen ziehen Weber, Frauen und Kinder herein, legen ihr Gewebe auf die lange Bank und warten, bis sie an den Tisch herantreten können, hinter dem der herzlose Pfeifer, selbst einst Weber, jetzt Gehilfe des reichen Dreißiger, ihre Ware prüft und den denkbar niedrigsten Lohnsatz bestimmt. Von den „dreizehntehalb Pfennig", die ein „Webe" eigentlich kosten soll, zieht er fast stets noch etwas ab für Fehler in der Arbeit oder Mängel am Gewicht. Die große Wage regiert der Lehrjunge, der hier und da schnoddrige Bemerkungen mit dem Kassierer Neumann austauscht, während letzterer das Geld mürrisch und geschäftsmäßig den Webern aufzählt. Die lächerlich kleinen Preise, die immer wieder genannt werden, schweben wie das furchtbare Schicksal über den Hungernden. Furchtbarer aber ist die Erbarmungslosigkeit Pfeifers. Da bittet eine Weberfrau erbärmlich und demütig um ein paar Groschen Vorschuß für Brot. Pfeifer hört nicht darnach hin. Da fleht der Weber Heiber um Stundung des ihm am vorigen Zahlungstage

bewilligten Vorschusses. Er wird nicht erhört. Geschäfts=
mäßig geht die Sache ihren Gang weiter. Charakterköpfe
heben sich aus der Masse der Wartenden heraus. Der alte
Baumert trägt in einem Tuch einen geschlachteten Hund bei
sich. Er ist ihm vor Wochen zugelaufen, jetzt soll er den so
lange schon leeren Kochtopf füllen. In dem energischen jungen
Weber Bäcker aber tritt uns die erste Gestalt voll Willenskraft
entgegen. Er spottet so laut und keck über die Hungerlöhne, daß
der Chef des Geschäftes, Herr Dreißiger, selber hereintritt, um
ihn abzufertigen. Die Arbeit wird ihm entzogen, aber er hebt
den Kopf noch mehr und setzt es durch, daß der ihm hingeworfene
Lohn ihm ordnungsmäßig in die Hand gezahlt wird. Ein
vor Hunger ohnmächtig zusammenbrechender Knabe wird von
Dreißiger in sein Privatcomptoir entfernt, damit er nicht
noch mehr böses Blut errege, und eine heuchlerische Rede des
Chefs, in der er sich noch gar selber das Zeugnis eines humanen
Mannes ausstellt, und es von den zitternden Hungersklaven
der Frohnarbeit bestätigt erhält, macht den Schluß des ersten
Aktes. Der Herr will noch zweihundert Weber anstellen, aber
sie sollen für ein „Webe" nur noch eine Mark erhalten.
Unter dem Murren der Ärmsten schließt das erste Bild. Das
zweite zeigt uns das Heim des alten Baumert. Die Mutter
des vor Hunger zusammengebrochenen Knaben ist zum Besuch.
Die Töchter Baumerts liegen dem Weben ob, die Mutter und
ihr idiotischer Sohn arbeiten an Spulrädern. Aus ihren
Reden entwickelt sich ihre gräßliche Notlage. Auch der Besitzer
des Häuschens, dem sie den Mietzins schuldig sind, der alte kräf=
tige Ansorge, hat kaum zu leben, da das Häuschen einzustürzen
droht. Da bringt der junge Jäger, ein eben vom Militär
frei gekommener, frischer Junge Leben in das Haus. Als
Offizierbursch hat er sich seine Manieren und „feines Sprechen"
— allerdings sehr mangelhaft — angewöhnt. Er, der Tauge=
nichts daheim, hat beim Militär seinen Dienst vortrefflich ge=
than. Mit neuem Anzug, silberner Uhr und dem schwindelnd
hohen Vermögen von zehn Thalern kommt er daheim an. Er
hat die Welt gesehen und höhnt über die gräßlichen Zustände,
die er daheim vorfindet. Auch das Lied vom „Blutgericht"
hat er mitgebracht. Dies Lied, von dem schon im ersten Akt
die Rede war, liest er zum erstenmale bei Baumert vor. In

der Nähe hat er's schon gesungen, das Lied vom Blutgericht, das Lied, das die Leute vom Schlage der Dreißiger als Blut-richter und Leiter von Folterkammern bezeichnet. So schüler-haft er das Lied vorträgt, es ergreift Ansorge und den alten Baumert mächtig, den armen Mann, der eben den Hunde-braten wieder von sich geben mußte, weil sein geschwächter Magen kein Fleisch mehr vertragen kann. Lauter hallt das Lied durch alle Herzen im dritten Akt im Wirtshaus — Kretscham genannt — zu Peterswaldau, dem Wohnorte Dreißigers. Anfangs zwar geht es da friedlich zu. Ein Geschäftsreisender, der mit dem Wirtstöchterlein seinen Spaß hat, findet die Zeitungsberichte über das Elend der Weber übertrieben. Ein Tischlermeister belehrt ihn darüber, daß hoch oben im Ge-birge, den staatlichen Abgesandten versteckt, die Hütten der Armut liegen — der Zuschauer glaubt dies gern, denn er kennt ja das Heim des alten Baumert. Aber der Reisende glaubt es nicht. Der unsinnige Aufwand bei einem Weber-begräbnis, das gerade stattfindet, und das nach altem Her-kommen prächtig gefeiert werden muß, scheint seiner Ansicht recht zu geben. Da treten Weber herein, Bäcker und Jäger, die beiden unruhigen Geister, sind darunter. Es kommt zu gefährlichen Reden, die den Ruhigen Grauen erregen. Man merkt, daß eine ungewöhnlich große Weberansammlung statt-findet draußen im Ort. Bald heißt es, man wolle sich impfen lassen, bald, es sei Zahltag bei Dreißiger. Aber das revo-lutionäre Gepräge der Versammlung verrät sich bald. Eine Rempelei mit dem feigen Gensdarm Kutsche, der schimpfend entweicht, zeigt das erste Stadium des Aufstands. Dann ertönt laut das Lied vom Blutgericht, jetzt das „Weberlied" genannt, und sogar der alte Baumert taumelt mit hinaus in den beginnenden Aufstand. Der vierte Akt zeigt uns, daß man im Hause Dreißigers den Ernst der Sache noch nicht begriffen hat. Der Blutsauger will gerade mit dem Pastor des Ortes, der feige und verlogen die Religion in den Dienst des Frohnherrn stellt, seine Partie Whist spielen; gegen die singenden Haufen da draußen hat man den Büttel gerufen. Ein junger Kandidat, Hauslehrer bei Dreißiger, wagt, ein Wort der Entschuldigung für die Hungernden im Namen des echten Christentums einzulegen — ein Verweis vom Geist-

3*

lichen und die Entlassung aus seiner Stellung durch Dreißiger ist die einzige Wirkung. Aber die Partie Whist kommt auch nicht zu stande. Jäger wird gefangen eingebracht. Er ist stolz und frech in seinem Wesen. Er spottet der Fesseln, die man ihm anlegt, denn er weiß ja, daß man ihn draußen befreien wird. Und so geschieht's. Panik verbreitet sich auf diese Nachricht hin im Hause. Alles denkt nur noch an Flucht. Frau Dreißiger klammert sich in ihrer rasenden Angst an den Kutscher, der sie zum Wagen führt. Die mutigen Rappen fürchten sich vor niemandem. Die Flucht gelingt, alles rettet sich, aber die Weber, nun im Rausch der Revolution in eine Räuberbande umgewandelt, dringen in Dreißigers Haus ein und schlagen alles kurz und klein. Im letzten Akt ist der Ruf ihrer Thaten schon nach Langenbielau gedrungen. Dort steht unter anderen das stille Haus des friedlichen, gottergebenen Webers Hilse. Er hat sein Morgengebet gerade beendet, in dem er alltäglich Gott bittet, ihn Demut zu lehren, damit er des Lebens Not als Läuterungsmittel der Seele erkenne. Seine Frau und sein jungverheirateter Sohn Gottlieb haben diesen sanften Glauben von ihm erlernt. Die Schwiegertochter Luise nur ist anderer Meinung. Ein silberner Löffel aus Dreißigers Besitz, den Hilses kleine Enkelin gefunden hat, ist das erste Zeugnis für das, was in Peterswaldau geschehen ist. Schleunigst läßt ihn Hilse durch seinen Sohn auf das Amt tragen, er verschmäht gestohlenes Gut. Da erscheint ein Arzt, der von dem Aufstand erzählt. Genauere Kunde bringt der originelle Lumpensammler Hornig, der schon im Gasthof im dritten Akt zugegen war, horchend und schürend, aber nicht handelnd eingegriffen hat. Er meldet, daß die wild gewordenen Weber ihm auf dem Fuße folgen. Und sie kommen daher, in bacchantischem Zuge. Sie verlangen, daß Hilse und die Seinen sich ihnen anschließen, aber Hilse widersteht. Selbst wie sein Sohn endlich von dem allgemeinen Feuer angesteckt ist, bleibt er daheim, nicht aus Furcht — ist er doch ein alter Invalide aus dem Kriege —, sondern aus Überzeugung. Er will rechtlich bleiben bis zum Schluß. Da rückt draußen das Militär an, von den Webern mit Steinwürfen begrüßt. Alles flieht, nur Hilse bleibt im Bewußtsein seiner Rechtlichkeit am Fenster vor seinem Webstuhl sitzen, wo Gott ihn nach seiner Meinung hingesetzt hat. Da schlägt von draußen eine Kugel zum Fenster herein und tötet ihn. Der einzig Unschuldige ist der Einzige, den wir auf der Bühne sterben sehen. Mit diesem schrillen Mißton endet das Stück.

Die ungeheure Wirkung dieses Dramas ist bekannt. Es wurde gleich nach seinem Erscheinen vom Deutschen Theater zur Aufführung angenommen, aber polizeilich verboten. Eine öffentliche Vorlesung durch erste Schauspielkräfte zeigte dem Publikum, dessen Interesse durch das Verbot natürlich mächtig angeregt war, die Wirksamkeit des Schauspiels. Natürlich konnte das Verbot nicht aufrecht erhalten werden. Auf dem Wege des Prozesses ward dem Deutschen Theater die Aufführung gestattet, aber Herr L'Arronge verzichtete darauf und überließ das Drama mit Hauptmanns Einverständnis seinem Direktionsnachfolger Brahm. Mittlerweile spielte sich in anderen Städten dieselbe Komödie ab. Überall erregte das verbotene Schauspiel die Neugier doppelt, an manchen Orten wurde die Freigabe erzwungen, und inzwischen wurde das Stück allerorten gelesen, und in vielen Tausenden von Exemplaren im Druck verbreitet. Obendrein bemächtigten sich die freien Volksbühnen, als Vereine der Bühnenzensur nicht unterworfen, des Dramas, um es den Arbeitern vorzuführen. Als endlich im „Deutschen Theater" die erste Aufführung von statten ging, war das Interesse bis zum Siedegrade erhitzt. Eine fast unermeßliche Reihe ausverkaufter Häuser war die Folge. Hätte das Interesse je einmal einschlafen wollen, so sorgten Reden im Reichstag und politische Demonstrationen immer wieder für neue Anregung. Solange die Welt steht, weiß man, daß Versuche der Unterdrückung einer geistigen Arbeit dieser nur zur Reklame werden; aber die wenigsten Menschen lernen ja aus geschichtlicher Erfahrung. Das Stück war nachgerade so volkstümlich geworden, daß fast jeder Einwohner Berlins und jeder Durchreisende wenigstens e i n e Aufführung im „Deutschen Theater" mit ansehen wollte, und wäre er auch der eingefleischteste Kapitalist gewesen. Den Höhepunkt erreichte die Begeisterung, als die ‚Weber' ihren Einzug in Paris hielten. Es war seit Menschengedenken nicht vorgekommen, daß ein deutsches Drama in Paris gute Aufnahme gefunden hätte. Nach dem Siege Deutschlands über Frankreich war Berlin

dramatisch von den Franzosen erobert worden. Die geschickten
Sensationsdramen Sardous und die geistreichen Flachheiten
des jüngeren Dumas beherrschten in Deutschland überhaupt
und besonders in seiner Hauptstadt den Bühnenspielplan —
die Franzosen aber kannten auf ihren Bühnen noch nicht einmal Schiller. Der Naturalismus sollte einen Wendepunkt
bringen. Das Danaergeschenk dieser neuen Kunstrichtung war
von Frankreich an Deutschland ergangen, aber Berlin hatte
den Naturalismus erst für die Bühne gewonnen. Selbst Zola
war an der Dramatisierung gescheitert. Meister Antoine, der
„self-made-man" der Pariser Theaterwelt, glaubte keinen
besseren Trumpf ausspielen zu können, als die Hauptmannschen ‚Weber'. Auf seiner naturalistischen Bühne gingen sie
in Scene, das Aufsehen war kolossal. Zola selbst erschien zur
Generalprobe, die ja in Paris vor der kritischen Öffentlichkeit
gespielt wird, und alles war des Lobes voll. Damit hatte
Hauptmann, dem die ‚Weber' schon eine socialpolitische Phy-
siognomie gegeben hatten, nun gar eine internationale politische
Bedeutung erlangt. Es konnte von niemandem geleugnet
werden, daß die Freundschaft der Theater und der Litteraturen
beider Länder eine mächtige Förderung der deutschen Ver-
söhnungspolitik bilden mußten. Mit den Lorbeerkränzen, mit
denen Kaiser Wilhelm die Gräber großer Franzosen schmücken
ließ, flatterten jetzt Bühnenwerke deutscher Autoren hinüber
nach Frankreich — gänzlich unabhängig voneinander klangen
doch die beiden Strömungen in einen Accord aus. So war
Hauptmann der erste Mann der litterarischen Öffentlichkeit
geworden. Die sociale Dramatik schien erfüllt, die internationale Litteraturfreundschaft begründet und der Naturalismus zum Siege geführt. Unter all diesen Gesichtspunkten
sah und rühmte man das Werk, und es gilt seitdem in gewissen Litteraturkreisen Berlins als unerlaubt, dasselbe mit
der Sonde der Kritik zu betasten. Man verlangt schweigende
Bewunderung wie vor Goethes Faust, als vor einem natio-
nalen Heiligtum.

Und doch wird auch für Hauptmanns ‚Weber' die Zeit
kommen, wo man sie nicht mehr mit den Augen ihrer Zeitgenossen und unter dreierlei Gesichtspunkten betrachten wird,
sondern wo man sie einfach wie jedes andere Litteraturwerk

auf ihre innere bleibende Bedeutung zu prüfen hat. Mag es auch heute noch als eine Art ästhetischer Majestätsbeleidigung gelten, es soll doch unsere Aufgabe sein, auch rein ästhetisch das Werk zu würdigen. Da ergiebt sich zunächst eins. Zweifellos ist es berechtigt, die erste Nummer zu tragen unter allen Arbeiterdramen der achtziger und neunziger Jahre. Soweit ich das Heranwachsen der jungen Litteratur aus eigener Erfahrung zurückzuverfolgen vermag, schwebte der große Akt, wo ein Gewaltsmensch von Fabrikanten von seinem Prassermahl verscheucht werden sollte durch eindringende Arbeiterhaufen, der Jugend der achtziger Jahre beständig vor, soweit sie überhaupt die sociale Strömung mitmachte. Aber es scheiterte immer daran, daß die jungen Feuerköpfe mit dem Modellieren der Arbeiter nicht zu stande kamen. In allen Revolutionsdramen unserer großen Dichtungsepoche handelt es sich um die Empörung gebildeter Bürgerkreise mit gebildeten Ideen und gebildeter Sprache. Alle Tiraden des Pathos und der Leidenschaft passen in ihren Mund, denn die Revolution weckt die rednerischen Talente, und ein aufmerksamer Beobachter aller politischen Versammlungen lernt schnell, daß das Pathos allen Politikern der Rede zur zweiten Natur wird. Hier also ist es leicht, Dramen schaffen. Aber die revoltierenden Arbeiter! Die Revolten aus Hunger! Die Empörungen der Verschmachtenden, der Blassen, Elenden und Abgezehrten — sie vertragen keine leuchtenden Farben. Und so kam es, daß der Führer der Arbeiter den socialistischen jungen Brauseköpfen der achtziger Jahre meist gelang, aber die Arbeiter selbst waren entweder die Stummen, oder ihre dramatische Sprache entbehrte der Wahrheit; es waren Salonarbeiter, unwahr, wie die gezierten Schäfer des ausgehenden Mittelalters. Schon Gustav Freytag meint in seiner Technik des Dramas, ein gewisser Bildungsgrad sei nötig für die Helden der Tragödie. Und dann noch eins. Es macht wenig Eindruck, wenn jemand sein eigenes Leid klagt, man muß ihn leiden sehen. Die Wirkung der Tyrannei, wie sie Schillers Tell so großartig malt, und wie sie aus Goethes Egmont so ergreifend herausklingt, ist greifbar, sie ist gegenständlich — aber das stille Leid des Hungers, dem keine Worte verliehen sind, schien nur dem Epiker sich zur Behandlung zu eignen. Denn auf der Bühne muß man sprechen, und dem Menschen, der über seinen Hunger spricht, glaubt man selten. Diese beiden Schwierigkeiten hat Hauptmann überwunden. Seine Arbeiter sind echt. Man würde ihre blassen Augen und abgezehrten Körper sehen, auch wenn man die scenischen Bemerkungen überschlagen würde beim Lesen. Ihre Wohnhöhlen strömen die Atmosphäre der Armut aus, und das Motiv mit dem Hundefleisch ist von erschütternder Wirkung. Glänzend ist es gelungen, in dem Einleitungsakt die Stimmung des allgemeinen Hungers über das ganze Theater zu verbreiten, und vortrefflich ist die dramatische Steigerung, die darin liegt, daß von dem Weberlied erst nur gesprochen wird, daß es dann recitiert, dann gesungen, von immer größeren Massen gesungen wird und endlich zum Sturmlied anschwillt. Aber, während so die eine Hauptsache vortrefflich gelungen ist, ging das andere Element leider ganz verloren. Echt ist der Hunger und echt die Revolte, aber es fehlt ganz die Figur, die bis dahin an Stelle der Hungernden stand, der Verkünder der Idee. Es fehlt ganz der begeisterte Führer. Jäger und Bäcker sind auch nur Instinktnaturen. Sie leiten die Empörung, weil sie zur Verzweiflung getrieben sind — das „wohin?" vermögen sie ebensowenig zu ahnen, wie die andern, die in die Bewegung hineintaumeln. Warum fehlt die Figur des Gebildeten, der eine rosige Zukunft träumt, und den mit den aufständischen Haufen die Menschenliebe verbindet? Warum fehlt der Feuerkopf der Idee? Vielleicht weil der Weberaufstand der vierziger Jahre keinen kannte? Das wäre doch kein Grund, denn das Stück macht doch nicht den Eindruck eines historischen Dramas. Die Bemerkung „Schauspiel aus den vierziger Jahren" wirkt auf den Leser doch nur wie der Zusatz, den Schiller auf Dalbergs Wunsch seinen modern gedachten Räubern hinzufügte, wodurch das Stück in die Zeit des Landfriedens zurück verlegt wurde. Oder sind diese idealen Feuerköpfe etwa nicht wirklich? Wie? In der Zeit, da so viele Gebildete sich mühen, die sociale Frage zu lösen? In der Zeit der Egidi, Naumann, Tolstoi und Bellamy? Ja, Hauptmann selber weiß ja, daß es diese Typen giebt. Mit wenigen Strichen hat er ja den Kandidaten angedeutet, der als junger Theologe sich verpflichtet fühlt, für die Hungern-

den Partei zu nehmen. Warum wurde aus ihm keine aus=
geführte Figur? Diese Frage ist nicht müssig. Denn dadurch,
daß das Drama ganz am Gegenständlichen stehen bleibt, geht
ihm ein Hauptreiz verloren. Es ist kein Charakter darin, der
sich entwickelt! Wie echte Bildhauerarbeit stehen auch hier
wieder die Menschen in ihrer Zuständlichkeit da. Und zweitens,
das Drama verliert dadurch an dauerndem Interesse. Das
Thema des Stückes lautet nur: „Dreißiger muß bessere
Löhne zahlen!" Aber es ergiebt sich daraus keine Welt=
anschauung. Dreißiger soll es nur thun, weil ihm sonst
eines Tages das Haus über dem Kopf angesteckt werden
könnte. Den Fabrikanten droht die Revolution, wenn sie
nicht anständig werden, aber an die Herzen der Menschen
appelliert niemand. Gewiß, der schweigende Appell für ehr=
liche Herzen liegt schon in dem Anblick des Elends. Aber
das Elend existiert seit dem Bestande der Kulturstaaten, —
es abzuschaffen, dazu mahnt nur die h u m a n e W e l t =
a n s c h a u u n g , heiße sie Christentum, oder heiße sie Nächsten=
liebe. Hauptmanns ‚Weber‘ enden hoffnungslos. Daß das
Gewehr gegen die Schleudersteine siegen muß, ist selbstver=
ständlich; daß der unschuldige alte Hilse das erste Opfer wird,
soll beweisen, daß es keine Gerechtigkeit in der Weltleitung
giebt. Die letzte Hoffnung läge in der Feuerseele einer Jugend,
die sich für Ideale der Menschheit begeistert. Sie ist vor=
handen in der heutigen Welt, aber in Hauptmanns Stück
fehlt sie. Der Dichter der ‚Weber‘ selbst gehört ihr an, aber
er ignoriert sie in seinem Werke.

Auch den Charakter Dreißigers hat er stiefmütterlich be=
handelt. Der Hofmann in „Vor Sonnenaufgang" war eine
lebensvollere Natur, als er. Man sieht ihn nur von einer
Seite, er ist das Schema des reichen Kapitalisten ohne Seele.
Und so ergeht es auch den Seinen. Seinen Webern hat
Hauptmann tief ins Herz geschaut, ihren Unterdrückern aber
nur auf den Rock. Dadurch und durch den Mangel eines
führenden Helden hat Hauptmann eine gewisse künstlerische
Eintönigkeit in sein Drama getragen. Es ist kein volles
Kunstwerk, nicht etwa weil es nicht in Jamben geschrieben,
oder nicht in wohlgegliederte Akte geteilt ist, sondern nur
darum, weil es kein volles Weltbild giebt. — Es erscheint

als ein Tendenzdrama, nicht, weil es Partei für die Besitz=
losen und gegen die Herzlosen unter den Reichen nimmt —
das that schon Jesus von Nazareth.

Aus diesen Mängeln heraus mag die Folgezeit Haupt=
manns ‚Weber‘ in ästhetischer Beziehung für teilweise über=
schätzt erklären. Ihr kulturgeschichtlicher Wert dagegen ist für
alle Zeiten unleugbar. Der junge Dichter, dessen Herz von jeher
überfloß von socialem Mitleid, hat hier sein eigenstes Gebiet
gefunden, und so mächtig und gewaltig war der Anstoß, den er
mit seinen ‚Webern‘ gegeben hat, daß sie zum mindesten in
eine Reihe zu stellen sind mit den sittlichen Thaten der Frau
Beecher=Stowe, der Verfasserin von „Onkel Toms Hütte“, die
gegen die Sklaverei protestierte, und mit Thomas Hood, dem
edlen Dichter des „Liedes vom Hemd“. Unglaublich beschränkt
ist es, wenn von einigen Seiten Hauptmann als socialdemo=
kratischer Agitator verschrieen wurde, er, der ja gerade die
Figur des Programmatikers vermieden hatte. Kleine Seelen,
die in den ‚Webern‘ eine staatsumstürzende Tendenz erblicken,
haben niemals die edle Wallung der Nächstenliebe in ihrem
Herzen empfunden, haben sich nie klar gemacht, daß der Welt=
erlöser Jesus zu den Armen ging und den reichen Jüngling
zu seiner Nachfolge aufforderte; daß er den barmherzigen
Samariter höher stellte als den scheinbar korrekten aber inner=
lich hohlen Frömmling. In sittlicher Hinsicht bedeuten die
‚Weber‘ ein hohes Lied des Erbarmens, und gegen diese hohe
Bedeutung haben sich allerdings die starken ästhetischen Be=
denken zu verstecken.

Aber ebenso thöricht ist es, das, was bei Hauptmanns
Talent der Mangel ist, gerade als seine Vorzüge auszugeben,
wie es der Troß der sinnlosen Korybanten that. Während
sie behaupteten, nun sei die neue Methode erfunden, das
Drama ohne Heldennatur, ging Hauptmann ins Franken=
land, um Stoff zu sammeln zu einem Heldendrama.

Und das Stoffgebiet, das er sich hier erschließen wollte,
war jedenfalls das denkbar glücklichste. Der Bauernkrieg —
die geschichtliche Erscheinung in Deutschland, die nach dem
Ausspruch eines großen Historikers der großen französischen
Revolution gleichwertig zu erachten ist —, der Bauernkrieg,
der auf den Humanismus folgte und die kirchliche Reformation

in die socialen Zustände hineintrug — sicherlich war das das
Gebiet, auf dem der sociale Poet zum erstenmal sich als Ge-
schichtsmaler zeigen konnte, und hier fand er auch einen wirklichen Helden. Hatte er es vermieden oder versäumt, in den
‚Webern‘ den Mann der oberen Zehntausend, der ein Herz für
die untersten Klassen hat, in den Mittelpunkt des Weber-
elendes zu stellen, so bot hier die Geschichte einen Mann dar,
der, selbst aus dem Adel hervorgegangen, freiwillig sein langes
Haar, das Abzeichen des stolzen Ritters, scheeren ließ und zu
den Bauern ging, ein Bauer. Nach ihm, nach **Florian Geyer**
(vollendet 1895, aufgeführt 1896), hat Hauptmann auch sein
Drama benannt. Lange hat er es mit sich herumgetragen, drei
Niederschriften entstanden nach und nach, und als es endlich
und endlich, jahrelang nach der ersten Meldung, auf der
Bühne des „Deutschen Theaters" in Berlin erschien, da führte
es zu einer Enttäuschung. Der Bühnenerfolg blieb aus, das
Buch fand keine große Verbreitung, die tote Geschichte war
nicht lebendig geworden. Warum nicht?

Hauptmann hatte hier ein Gegenstück zu den ‚Webern‘
zu schaffen beabsichtigt und sich einer ähnlichen Technik be-
dient wie dort. Aber, während die fünf Weberbilder, ent-
sprechend dem mehr und mehr vom schüchternen Stammeln
zum Sturmgesang anbrausenden Weberlied, eine gewaltige
Steigerung hervorrufen, so fehlt diese entschieden den Bildern
aus dem Bauernkrieg. Sahen wir im ersten Akt der ‚Weber‘
ihr Leiden unter den kümmerlichen Lohnsätzen, so sehen wir
im „Florian Geyer" in dem Vorspiel nur eine glänzende
Versammlung der Ritter, die auf des Bischofs Conrad Burg
bei Würzburg, hart bedrängt von den siegreichen Bauern,
über deren Forderungen beraten. Wir sehen den Bischof, der
schon im Begriff ist, zu fliehen, die Ritter, deren Mehrheit sich
auf eine Belagerung vorbereitet und eine Deputation an die
siegreichen Bauern abordnet. Also der Bauernkrieg ist schon
in vollem Gange. Woher kam er? Die Ursachen des Weber-
aufstandes greifen wir mit Händen, was diesen Bauernkrieg
entzündet, tritt nicht plastisch vor unser Auge. Und im zweiten
Bild — im eigentlichen ersten Akt — sehen wir in der Kapitel-
stube des Neumünsters zu Würzburg die Bauern mit ihren
Führern versammelt. Wir hören Florian Geyer als Sieger

von Weinsberg preisen, wir haben schon im Vorspiel die
Ritter von seinem Empörergeist reden hören — aber was
seine eigentlichen Beweggründe sind, was seine Vorgeschichte
ist, was ihn aus den Reihen seiner Standesgenossen in die
Reihen der Bauern getrieben, das müssen wir erraten. Sein
Schwager, Wilhelm von Grumbach, der mit ihm bei den
Bauern ist, erscheint als der Heuchler und Mantelträger;
Geyer als der überzeugte Mann, — aber der herrliche dramatische Gegensatz der beiden Männer, den die Geschichte so
von selbst darbietet, ist nur sehr flüchtig ausgenützt. Dagegen wird immer und immer wieder gesprochen. Geyer beweist anfangs Thatkraft und Entschlossenheit, ist schnell mit dem
Galgen bei der Hand, wie die Weiber die Ritterdeputation
belästigen wollen; er geht siegreich aus dem Streit der Führer
um die Oberherrschaft hervor, er überwältigt den hier als
heimtückisch aufgefaßten, aber nur ganz leicht skizzierten Götz,
und er hat sehr schöne Worte gegen den Raubadel und für
die Unterdrückten. Wir erwarten nun von ihm Thaten im
nächsten Bild. Dies entrollt sich uns im Gasthofe zu
Rothenburg. Aus den vielen Gesprächen der vielen Personen
daselbst erfahren wir, daß Florian Geyer gekommen ist, um
Belagerungsgeschütz zu holen zum Sturm auf die Burg von
Würzburg. Wohl sind die einzelnen Gestalten wieder scharf
charakterisiert. Der weise Rektor Besenmeyer, der echte Hu-
manist, der beim Studium seiner Klassiker sich zum Charakter
geschmiedet hat, und die schwarze Marei, des Geyer kleine
Geliebte, die sich todmüde gelaufen hat mit einem Auftrag
an den Bauernritter, treten besonders hervor. Auch der
Schäferhans, der in dem allgemeinen Schelten auf die Pfaffen,
in der allgemeinen Begeisterung für evangelisches Christentum der fanatische Verehrer der Maria und des Katholicis-
mus ist, hebt sich scharf heraus; und der umherziehende
Hausierer, der die neuen Bücher anpreist und dabei den römischen Ablaß nicht vergißt, darf nicht übersehen werden. Aber
es ist immer gleichbleibende Schilderung. Wie dann Florian
Geyer, der doch Rothenburg für die Bauern gewonnen hat,
endlich auf der Bühne erscheint, kann er sich durch nichts mehr
charakterisieren, als durch eine im wahrsten Sinne des Wortes
zum Fenster hinaus gehaltene Rede über die notwendige

sociale und staatliche Reorganisation, die ihm den Beifall
der Menge einträgt. Aber in dem Augenblick, wo er nun mit
seinem Geschütz abziehen will gen Würzburg, erfährt er von
der mühsam aufgeweckten Geliebten und Botin, daß die
Bauern im Lager zu Würzburg, aufgewiegelt durch Götz und
andere Trübfischer, den Sturm bereits ohne ihn gewagt,
daß sie eine furchtbare Niederlage erlitten haben und sogar
von Geyers berühmtem schwarzen Haufen die Hälfte gefallen
ist. Empört entwaffnet sich Geyer und beschließt, die Verräter
ihrem Schicksal zu überlassen. Wir bedauern, daß der Dichter
uns nicht lieber statt so breiter Malerei der Rothenburger
Bürgerschaft, die Vorgänge im Lager zu Würzburg geboten
hat. Da hätte man doch einmal dem Götz und seinen Kum-
panen ins Herz sehen können, während man so immer und
immer nur erzählen hört. Und die Enttäuschung wird noch
größer, wie auch der dritte Akt durchgehends referierenden
Charakter trägt. Der von den Bauern einberufene Landtag zu
Schweinfurt giebt wesentlich Gelegenheit dazu, daß die Bauern
einander die Schuld an dem Mißlingen ihrer Unternehmung
zuschieben. Der Landtag hätte einberufen werden müssen,
als man noch auf der Höhe der Macht stand, dann wären
Fürsten und Herren vor ihm erschienen, um über Reformen
zu unterhandeln. Und warum ist man jetzt nicht mehr auf
der Höhe der Macht? In Folge des Sturms auf die Bischofs-
burg, einer Voreiligkeit, die ja nur aus Neid gegen Geyer
hervorging. Die Führer: der Pfarrer Bubenleben, Jakob
Kohl und Flammenbecker wälzen einander die Schuld zu, die
andere wieder auf Götz schieben. Man fragt sich ganz erstaunt: Warum zeigte uns der Autor denn diese Vorgänge
nicht? Was hilft es, daß Geyer erscheint und die selbst-
süchtigen Neidlinge als „Kehricht“, als „Koth von der Land-
straße“ bezeichnet? Sein Zorn ist berechtigt, aber er bleibt
der Held der Worte. Ein paar Büchsenschüsse verscheuchen
die feigen Renommisten. Geyer selbst beschließt endlich, nach
Würzburg zu ziehen. Der Tod seines getreuen, schon lange
kränkelnden Schreibers Löffelholz ist nur ein äußerlicher Akt-
schluß. Wir sind so weit, wie wir am Schlusse des ersten
Aktes waren, und wir hoffen auch jetzt vergebens, das Lager
von Würzburg wiederzusehen. Wir kommen vielmehr wieder

nach Rothenburg. Wir sehen, daß die Stadt schon wieder dazu neigt, vom Bauernbund und dem „Evangelium" abzu= fallen. Man verbreitet schon mit Erfolg eine Petition zur Wiedereinführung der Messe. Florian Geyer erscheint in schwermutsvoller Stimmung. Es ist ihm weh ums Herz um die verlorene Sache. Da bringt ihm, zum Tode erschöpft, sein getreuer Hauptmann Tellermann die Kunde von der Schlacht bei Königshofen, die endgültig die Sache der Bauern ver= nichtet hat, und Florian Geyer geht, um sich dem Tode zu weihen. In einem Gespräch mit dem braven Rektor hat er auf die Frage, ob denn wirklich der Bauernkrieg mit französi= schem Gelde angefacht worden sei, und ob denn wirklich der vertriebene Herzog Ulrich von Württemberg seine Hand dabei im Spiele gehabt habe, eine mystische, aber im allgemeinen bejahende Antwort. Das mehrt die Unklarheit seiner Gestalt noch im letzten Augenblick. Was weiß der Zuschauer von diesem Herzog, von dem hier und da geredet wird, was von Frankreichs damaligen Interessen an seinem Geschick? Soll denn das Publikum im Theater erst seine Geschichte repetieren? Muß ihm der Dramatiker nicht die Verhältnisse selbst klar legen? Und wenn vielleicht dem Historiker diese unklaren Verhältnisse nicht entwirrt sind, der Dichter mußte sie für seinen Geyer sich selbst entwirren. Er mußte seinen Helden kennen, allen historischen Skrupeln zum Trotz. So aber kommt es, daß, trotz der bewundernswerten Studien Hauptmanns, trotz seines eifrigsten Bemühens, den Geist der Zeit in den Nebenfiguren und sogar in der chronistisch archaistischen Sprache zum Aus= druck zu bringen, gerade die Geschichte hier ganz unklar bleibt. Zuguterletzt weiß man gar nicht mehr, was man davon denken soll. Da kommt der letzte Akt, meisterhaft in seiner Art, der einzige wirklich ausgereifte, der sozusagen beweist, wie das ganze Stück hätte sein müssen. Wir sind auf der Burg Wil= helms von Grumbach. Seine Gattin erwartet ihn in fieber= hafter Angst. Ein gewisser Sartorius, der das ganze Stück hindurch in der Begleitung des Junkers Wilhelm eine unklare Rolle gespielt hat, entpuppt sich jetzt erst als ein Charlatan, der den Junker in den Bauernkrieg hinein getrieben hat durch erlogene Prophezeihungen. Grumbach kommt dazu und hat nichts dawieder, daß jener gerichtet wird. Mußte man aber diese

Verhältnisse nicht von Anfang an kennen? Warum hub das
Stück nicht auf dieser Burg an? Warum lernten wir Grum=
bachs Schwester, Florian Geyers Gattin, nicht anfangs, ja
warum lernten wir sie im ganzen Stück nicht kennen? Grum=
bachs Heim sehen wir im letzten Augenblick, Geyers Heim gar
nicht. Er hat für uns keine Kindheit und keine Jugend, kein
Weib und keine eigentliche Heimat. Unvermittelt steht er da
vor uns als Einer, von dem wir erfahren, daß er für einen
Helden gilt. Aber er hat den Höhepunkt seiner Größe schon
überschritten, ehe der Vorhang sich hebt. Jetzt sehen wir ihn
als einen Flüchtenden, nach großen Heldenthaten, die im
Zwischenakt liegen, auf der Burg seines Schwagers erscheinen,
der sich gerade, in meisterlich gezeichneten Scenen, mit seinen
betrunkenen Kameraden an den gefangenen und zitternden
Bauern versündigt hat. Endlich stehen jetzt die beiden
Schwäger gegenüber. Warum thaten sie das nicht schon im
Anfang des Stückes? Jetzt hat Grumbach nicht den Mut,
Geyer zu töten. Er gewährt ihm einen Unterschlupf, erkauft
sich aber die Verzeihung für seine eigene, freilich sehr laue
Anteilnahme an den Bauernkriegen durch den Verrat des
Verwandten. Der letzte Moment, der uns diesen reckenhaft vor
den Renommisten zeigt, läßt ihn zum erstenmal als Helden
erscheinen. Da trifft ihn der Pfeil des Mariaschwärmers, des
Schäfer Hans. Er stirbt und wird ausgeplündert. Die In=
schrift auf seinem Schwert „nulla crux, nulla corona" — kein
Kreuz, keine Krone — bildet den Schluß des Stückes. Mit
Bedauern scheiden wir von ihm, von der einzigen völlig miß=
lungenen Arbeit, die aus Hauptmanns Feder hervorgegangen
ist. Zum zweitenmal hat er versucht, einen idealen Helden
zu schildern, und wieder ist es ihm nicht geglückt. Der erste,
Loth, war ein Programmmensch ohne inneres Leben, der
zweite, Florian Geyer, ist im Grunde auch nichts anderes.
Sein Programm entwickelt er uns, persönlich uns zu inter=
essieren vermag er nicht, weil wir ihm nie und nirgends in
die Seele blicken. Otto Ludwig hat uns gelehrt, daß die tra=
gischen Helden nicht immer in dem schweren Rüstzeug ihres
äußeren Charakters auftreten dürfen, daß sie sich auch als
Menschen geben müssen, und Ludwig beweist es uns an
Shakespeares Helden. Nun, dem Florian Geyer fehlt diese

Eigenschaft. Hauptmanns Bildhauerphantasie hat ihn nur in der einen Pose gesehen. Er will ein geschichtliches Drama schreiben, aber sein Held hat für ihn nicht einmal eine eigene Geschichte. Er ist da, wir wissen nicht warum, und er stirbt, ehe wir ihn kennen lernen können.

Was dagegen vortrefflich gelungen ist, das ist die Aus= malung der Zeitstimmung. Die Bürger in Rothenburg in ihren Kneipgesprächen spiegeln sie trefflich wieder. Und gerade die Lust an der Stimmungsmalerei mag hier den Dichter irre geführt haben. Er hat, von Shakespeares ewigem Programm abweichend, den Helden nicht in seinen Thaten, sondern in der Wirkung derselben auf die Umgebung zeigen wollen. Das wirkliche Geschehen will er erkennen lassen aus dem Rückschlag auf die Stimmung der handelnden Personen. Mit demselben Recht aber könnte man auf einem Bilde einen Eichbaum malen wollen, indem man nur den Schatten malt, den er in einer Mondnacht auf die Wiese wirft. Mit demselben Recht könnte man Goethes Leben schildern, indem man nur aus den Gesprächen seiner Verehrer die Wirkung seiner Werke zeigen würde. Das sind Unmöglichkeiten. Den Helden Florian Geyer kann man nur vor den Augen des Beschauers erstehen lassen, wenn man ihn auf dem Schlachtfeld und im Ver= sammlungssaal in scharfem Gegensatz gegen seine Widersacher hinstellt. Wie die Weber vor unsern Augen hungern und sich empören, hätten die Bauern erst vor uns als Gemißhandelte dastehen müssen, dann mußte ihnen der Retter erstehen. Statt dessen ist es umgekehrt. Wir sehen erst vier Akte lang die Niederlage der Bauern, dann erst ihre Mißhandlung. Wir sehen den gebrochenen Florian, und dann erst wird er zum Helden. Das sind Kunststücke, die zu bedauern sind, bei einer so reich begabten Natur wie Hauptmann. Er hat es nicht nötig, Absonderlichkeiten zu begehen, um aufzufallen. Die Heerstraße der Dichtung ist erprobt seit Jahrhunderten. Nach neuen Heerführern verlangt sie, nicht aber nach Wegebauern, die aus den Felsen Thäler und aus den Brücken Berge machen wollen.

Aber die sociale Frage ließ dem Poeten keine Ruhe mehr. Was er in den Webern mit so viel Glück zur Anschauung gebracht hatte, das Leiden und vergebliche Ringen der Hungern=

den und Unterdrückten, das hatte er ohne Erfolg historisch zu
fassen gesucht. Er trachtete nun während der Arbeit am Geyer
noch auf zwiefach andere Weise, sein inneres Sehnen zu ge=
stalten. Einmal war es der Weg der Satire, der sich wieder
einmal vor ihm aufthat. Was so glücklich im „College
Crampton" gelungen war, mochte hier auch am Platze sein.
So entstand die Komödie der „**Biberpelz**" (1892).

Er wollte die Zeit, die so bringend nach Linderung der
socialen Notlage verlangte und so viel Interesse auf weit
minder wichtige Fragen verwandte, darstellen in den Ver=
hältnissen eines kleinen märkischen Ortes, ähnlich dem,
den er selbst so lange bewohnt hatte. Er verkörperte in
einem Amtsvorsteher das Strebertum und die damit ver=
bundene Oberflächlichkeit eines gewissen Typus, der im Be=
amtenleben vorkommt. Sein Amtsvorsteher Wehrhahn ist
ein junger schneidiger Beamter, der gern die allerhöchste Auf=
merksamkeit auf sich lenken, gern Karriere machen und empor=
steigen möchte, und der darum sein ganzes Augenmerk darauf
lenkt, politisch links stehende Persönlichkeiten in seinem Amts=
bezirk auszuspüren und ihnen Fallen zu stellen. Ein harm=
loser Dr. Fleischer, ein Gelehrter, schüchtern wie ein Kind,
schwach und nachgiebig in der Erziehung seines Söhnchens,
wird ihm verdächtig, weil er mit Freunden verkehrt, die im
Rufe radikaler Gesinnung stehen. In diesem Verdacht wird
der spürnäsige Amtsvorsteher bestärkt durch eine zweifelhafte
Existenz. Ich glaube die Persönlichkeit zu kennen, die dem
Poeten Modell gestanden hat zu der Figur des Motes. Hier
ist ein Mensch in dem kleinen Flecken aufgetaucht, der sich für
einen fachmännischen Jagdschriftsteller ausgiebt, der in Schul=
den bis über beide Ohren steckt und überall herumpumpt.
Sein Wirt, der Hausbesitzer Rentier Krüger, der auch Fleischers
Wirt ist, hat dem Motes gekündigt, weil er nie Miete von
ihm bekommt, und Fleischer hat längst den Umgang mit
Motes aufgegeben. Nun ist der Ausgestoßene voll Groll auf
Beide. Er verdächtigt sie daher beim Amtsvorsteher und be=
zichtigt namentlich den Dr. Fleischer, er ergehe sich in
Majestätsbeleidigungen. Der Amtmann, darauf versessen,
diesen Fleischer zu überführen und abzufangen, kümmert sich
inzwischen nicht um das Nächstliegende, nämlich um die

Diebereien, die in dem Ort unerhörten Umfang annehmen.
Namentlich ist da eine Waschfrau, Frau Wolff genannt, die
ihren Mann unter dem Pantoffel hält, in einem Spree=
kahnführer einen trefflichen Hehler ausgemittelt hat und nun
darauf losstiehlt wie ein Rabe. Die Verhältnisse entfalten
sich klar und scharf in den ersten beiden Akten. Der dumme
Amtsdiener, der immer betrunken ist und im Hause der Wolff
verkehrt; der verschlagene Motes, der die Wilddiebereien der
Wolff, ihr heimliches Fallenstellen auf Rehböcke kennt und da=
her von ihr immer wieder Eier und sonstige Lebensmittel er=
preßt; der Amtsvorsteher, der die diebische Wölffin in seinem
Hause beschäftigt und die Bestohlenen kurz abweist, um nur
immer wieder den verlogenen Motes in sein Vertrauen zu
ziehen und ihn über den Majestätsbeleidiger auszufragen;
das alles giebt ein klares und satirisch belustigendes Bild.
Der Holzdiebstahl im ersten Akt, bei dem der betrunkene Amts=
diener gar die Laterne halten muß, ist mit dem ganzen Rea=
lismus von Hauptmann gezeichnet. Die Amtsstube, in der
man die Gerechten schlecht und die Ungerechten gut behandelt,
bildet den Höhepunkt der Satire. Schade jedoch, daß die
beiden folgenden Akte in der Idee nur eine Wiederholung
der ersten Aufzüge bilden und daher die Wirkung wieder ver=
derben. Man verlangt ein Anwachsen der Satire, und sie
dreht sich immer wieder nur um denselben Punkt. Der ge=
stohlene Biberpelz veranlaßt noch einmal dieselbe Situa=
tion, wie das gestohlene Holz. Und schließlich erweisen sich
Fleischer und Krüger als ebenso thöricht wie der Amtsvor=
steher, denn sie halten die Diebin, wie dieser, für die denkbar
ehrlichste Person. Und diese Diebin selbst ist zu trivial, als
daß sie bei der immer gleich bleibenden Situation das Inter=
esse fünf Akte lang wach halten könnte, wie dies der in seiner
Ruinenhaftigkeit doch immer noch hoch bedeutsame Crampton
vermochte. So scheiterte das Stück bei seiner Aufführung im
Deutschen Theater nach anfänglichem Siege an der Unfrucht=
barkeit der letzten Akte. Man darf auch in der Arbeit nicht
mehr sehen, als einen flüchtigen Scherz. Man soll eine leichte
Federzeichnung nicht für ein Ölbild ausgeben wollen. Sie
ist ein flüchtiges Skizzenblatt in der Mappe ihres Autors.
Man würdige sie im Vorübergehen und dann weiter!

Fast gleichzeitig mit dieser satirischen Behandlung

socialer Mißstände entstand der erste Versuch Hauptmanns, symbolisch seine sociale Meinung auszusprechen. Und so stehen wir denn vor dem Wendepunkt in des Dichters Schaffen, den das „Hannele" anzudeuten scheint (1893).

„Hannele, Traumdichtung in zwei Teilen", so heißt das Werk, das im Jahre 1894, auch noch vor der Erstaufführung des lange vorher begonnenen Florian Geyer, das Licht der Lampen erblickte. Eine große Erregung war in litterarischen Kreisen diesem Werke vorangegangen. Kurz zuvor hatte Ludwig Fulda mit seinem „Talisman", Emil Pohl mit seiner Bearbeitung des Thonwägelchens von Cudraka unter dem Titel „Vasantasena" das Interesse für dramatische Märchendichtungen neu belebt. Nun kam einen Winter später Hauptmanns schon lange vorher begonnenes Traumbild, das selbst soviel Märchenelemente in sich enthielt. Der Verleger Fischer, der sich eine besonders große Auflage versprach, hatte eine illustrierte Prachtausgabe veranstaltet. Julius Exter hatte die Bilder geschaffen — man kann nicht sagen, daß sie in ihrer sonderbaren Geschraubtheit des symbolistischen Stils zu dem naiven Thema und zu der naiven Dichtung passen. Denn Hauptmann hat hier die Frage, die ihn so lange gequält hatte, ganz von der naiven Seite aus erfaßt. Hatte er in seinem socialen Jugenddrama eine leidende Jungfrau in den Mittelpunkt des Interesses gestellt — die in Wohlhabenheit arme, aus ihrer geistigen Dürre sich heraussehnende Helene, so greift er nun als Vertreterin des Armutsjammers ein ungelehrtes, armes, verängstigtes, träumendes, sterbendes Kind heraus. Sahen wir in den Webern einen Knaben verhungert zusammenbrechen unmittelbar vor dem Comptoir des hartherzigen und geldgierigen Dreißiger, so erliegt hier ein Mädchen der Qual ihres jungen Daseins; aber diesmal ist es nicht der Eindruck ihres Todes auf die a n d e r e n, was der Dichter geschildert hat, sondern die Stimmung ihrer e i g e n e n S e e l e im Augenblick des Sterbens. So kehrt er also zu den Seelendramen seiner ersten Entwickelungsperiode zurück. Und nicht die aus dem passiven Leiden zum aktiven Handeln erwachenden „Weber" sind es, die wir hier wieder treffen, sondern wir sehen die junge Heldin wieder ganz im Zustande des Leidens. Und drittens — endlich — die Figur, die in den Webern an dem Dichter vorübergeglitten war, ohne daß er

4*·

sie festzuhalten versucht hatte, die erhebt hier ihre prophetische
Stimme — die Figur des christlichen, religiösen Propheten.
Der Kandidat, der den Webern das Wort reden wollte, ver=
schwand wie ein flüchtiger Schatten, in dem Plane und der
Anlage des „Hannele" aber steht die Figur des Stifters der
christlichen Religion auf der Höhe der ganzen dichterischen
Idee. Die alten Träume von der die Menschheit erlösenden
Religion, die Selin einst im Promethidenlos geträumt hatte,
sind wieder erwacht, und daher ist auch die weiche Selin=
stimmung wieder über der Dichtung ausgegossen, die dem
Helden Florian so geschadet hatte, die aber dem träumenden
Hannele so wohl ansteht. So ist das Traumdrama, seinem
Stoffe wie seiner Ausführung nach, so recht geeignet, das im
guten Sinne Weibliche in Hauptmanns ganzem Dichter=
charakter wieder voll herauszukehren.

Die ersten Auftritte führen uns lebendig in ein schäbiges,
armseliges Armenhaus der schlesischen Berge. Mit derselben
Deutlichkeit und Lebenswahrheit wie in den Webern sind die
volkstümlichen Charaktere entworfen. Die Frauen und
Männer, die hier ihre Bettelsäcke hereinschleppen und sich die
armseligen Schätze ihrer Raub= oder Bettelgänge gegenseitig
beneiden, stehlen oder schenken, sind dazu geeignet, daß uns „der
Menschheit ganzer Jammer anfasse". Mitten in diese Treibe=
reien der Ausgestoßenen in ihrem traurigen Heim tritt der
Lehrer Gottwald herein, der schöne milde Mann der Nächsten=
liebe, ein armes, nasses, todkrankes Kind auf dem Arm tragend,
das „Hannele", das eben in rasender Angst vor seinem Stief=
vater in den Teich gesprungen ist, an der Stelle, wo er nie=
mals zufriert. Ein braver, barmherziger Waldarbeiter hat es
herausgezogen; der Lehrer trägt es ins Armenhaus, der Amts=
vorsteher, schneidig und bureaukratisch wie der im Biberpelz,
kommt herzu und versucht vergebens, es auszufragen. Wie
er geht, murmelt man, er selbst sei eigentlich des Kindes Vater.
Er geht, um den Stiefvater verhaften zu lassen und um den
Arzt zu senden. Der Arzt trifft seine Anordnungen und sendet
seine Medikamente, die Diakonissin des Ortes erscheint und
beginnt ihre sanftmütig geduldige Pflegearbeit. Hannele hat
in wenigen Worten verraten, daß sie ihren Stiefvater maßlos
fürchtet und ihn aus lauter Angst nicht einmal anzuklagen
wagt; daß sie den guten Lehrer Gottwald abgöttisch verehrt;

daß sie die frommen Lehren seines Unterrichts tief in ihr Herz=
chen eingeprägt hat; und daß sie sich sehnlichst wünscht, zu
sterben und in den Himmel zu kommen, an den sie so heilig
glaubt. Wie sie einschläft, erscheint ihr erst der Vater, vor
dem sie in sinnloser Angst aus dem Bette sich schleicht, weil
er sie an die Arbeit treibt. Dann, wie die Pflegerin sie müh=
sam wieder aufs Bett gebracht hat, da erscheint ihr die gute
Mutter, abgezehrt und geisterhaft, die lange verstorbene, heiß
geliebte, und bringt ihr hoffnungsvolle Kunde aus dem
Himmelreich. Hannele wird ärgerlich, daß die Pflegerin das
alles für Träume des fiebernden Mädchens hält, und schließ=
lich geht diese auf die Traumwahrheiten ein und giebt vor,
das Himmelsschlüsselchen in Hanneles Hand zu sehen, das
in Wahrheit nur in der Phantasie des armen Kindes existiert,
das darin ein zurückgebliebenes Pfand der wieder entschwun=
denen Mutter sieht. Endlich träumt sich das Kind ganz in den
Schlaf hinüber, und nun erscheinen ihr drei schöne Lichtengel.
Diese beklagen sie, daß für sie die Flur keine Früchte und der
Weinstock keine Reben getragen und das Leben keine Freuden
gehabt hat, und verkünden ihr die Erlösung im Himmel.
Unter ihrem Gesange senkt sich stimmungsvoll der Vorhang
und schließt den ersten Teil.

Er ist in seiner Art vollendet, ein kleines, herzbewegendes
Stück. Die gräßliche Welt des Armenhauses, das liebliche
ausgestoßene Kind, die furchtbare Familientragödie, der
Gegensatz zwischen Vater und Mutter und die lichten Engel
aus dem Traumland, die ein besseres Jenseits verkünden!
Erwartungsvoll hofft man auf den zweiten Teil. Was wird
er nun bringen? Zweifellos ist die Phantasie nun auf einen
prophetisch symbolischen Aufbau gespannt. Die Skala der
Empfindungen hat das Kind voll durchlaufen, von Ver=
zweiflung, Selbstmord und Todessehnsucht bis zur freudigen
Hoffnung und bis zum erlösenden Traum vom Jenseits.
Nun bleibt nur übrig, daß der Dichter eine zweite Welt schafft,
die sowohl rein äußerlich eine neue Situation, wie tief inner=
lich eine Steigerung des philosophischen oder des socialen
Gedankens bringt.

Aber statt dessen bietet der zweite Teil sozusagen nur
eine Wiederholung des ersten. Wir sind jetzt ganz im Traum
Hanneles befangen. Auch die Diakonissin, der Lehrer Gott=

wald und alle anderen Figuren sind nur noch Traumgestalten
aus Haneles fiebernder Phantasie. Zuerst erscheint ihr der
Todesengel. Dann träumt sie, daß sie die Angst vor dem
schweigenden, ernsten Richter überwindet, daß sie von dem
buckligen Dorfschneider neue schöne Kleider bekommt. Aschen=
brödels Pantoffel spielen in den Traum hinein, und sie hält
sich für eine Grafentochter. Schön gekleidet legt sie sich willig
auf ihr Sterbelager. Bei der Annäherung des Todesengels
träumt sie, die Diakonissin lege ihre heilige Hand schützend
auf ihr Herz. So bleibt ihre Seele gerettet. Nun träumt sie
sich tot. Der Dorfschullehrer Gottwald kommt mit seinen
Schulkindern und zeigt sie diesen als ein heiliges Kind. Sie
träumt, daß ihre Kameraden und Kameradinnen sie um Ver=
zeihung bitten, weil sie das Hanele immer als die Lumpen=
prinzessin verspottet haben. Sie träumt, daß Lieder für ihr
Begräbnis von der Jugend einstudiert werden, und daß end=
lich der Lehrer einsam vor ihrem Lager niederkniet, um ihr
seine immerewige Liebe noch im Tode zu bekennen. Dann er=
scheinen ihr neue Bilder. Die Einwohner des Ortes kommen,
um sie in ihrer schönen Todeskleidung zu bewundern. Man
munkelt davon, daß sie eine Heilige sei. Das wird zur Ge=
wißheit, als schöne Jünglinge Schneewittchens gläsernen Sarg
bringen, um Hanele dahinein zu betten. Nur der immer
betrunkene Vater wagt noch, sie zu lästern. Da zeigt sich der
Himmelsschlüssel wirklich in der Hand des toten Hanele und
verbreitet strahlende Helle. „Ein Wunder!" ruft die Menge,
und der Vater rennt zitternd davon, um sich zu erhängen.
Vorher hat ihm, demutsvoll gütig Jesus selber ins Gewissen
geredet; denn der Heiland ist erschienen in der idealisierten
Gestalt des Lehrers Gottwald — so träumt Hanele. Er hat
das Wunder gewirkt, er läßt jetzt die Tote auferstehen.
Schreiend läuft die Menge davon. Jesus aber ruft seine
Engelscharen, preist in nicht enden wollendem Farbenglanz
die Wonne des Paradieses und mit wohlig weichem „Eya
popeya" geleiten die Engel das auferstandene Hanele davon
in den Himmel. Da verschwindet aller Glanz, die Bühne wird
leer, nur der Arzt und die Diakonissin stehen an dem Bett
des armen Hanele und konstatieren seinen Tod. Mitten in
die Prosa zurückgerissen, sehen wir Trost und Seligkeit in das
Nirgendwo des Traumlandes entschwinden.

So hat der zweite Teil uns nicht in eine neue Stimmung zu führen vermocht. Die hochgespannten Erwartungen, die der erste Teil erregte, blieben ungestillt. Schon am Schluß des ersten Teiles wußten wir ja, daß der Himmel in den Traum des Mädchens hereinschien. Nun hofften wir, würde der Dichter eingreifen, und, mit dem echten Künstlerrecht, eine große, gewaltige, beglückende oder zürnende Phantasie hineinrauschen lassen in den Schlaf des Kindes. An prophetische Träume haben naive Gemüter von jeher geglaubt, und als künstlerisches Hülfsmittel zu prophetischer Verkündigung bestehen sie seit alten Zeiten zu Recht. Aber leider hat Hauptmann seinem naturalistischen Wirklichkeitsstandpunkt hier die höhere künstlerische Forderung zum Opfer gebracht. Seinem Hannele träumt nur das, was ihm nach der Meinung der aufgeklärten Wissenschaft träumen kann. Bilder aus seinem früheren jungen Leben, Märchen und Religionsstunde verschwimmen ihm zu einem Traum, wie andere Träume. Ob dies nun glücklich durchgeführt sei, ist also die einzige Frage, die wir unter diesen Umständen an den Dichter richten dürfen. Man hat den Einwurf erhoben, daß die formvollendeten Verse, die die Engel und der Heiland sprechen, doch unmöglich aus der Phantasie des Kindes stammen können. Aber der Einwurf trifft nicht zu. Das Kind kennt aus dem Gesangbuch Lieder, und es träumt nun, solche Verse zu hören. Dem Dichter lag es ob, bei den Hörern denselben Eindruck hervorzurufen, den die geträumten Verse auf das Gemüt des Kindes machen. Daß dem Kinde die Figur des geliebten, guten Lehrers mit der Figur des Heilands zusammenschmilzt in seinem Traum, ist gewiß möglich; ob es dabei so sinnliche Einfälle haben wird, an eine direkte Liebeserklärung des Lehrers zu glauben, ob es, ein vierzehnjähriges Mädchen, noch halb wachend, ein Liedchen von einem schneeweißen Federbett in einer dunklen Kammer summen wird, wenn es von der Hochzeit mit Gottwald träumt, das mögen Leute entscheiden, die Mädchen in so verrohten Verhältnissen aufwachsen sahen. Bedenklich erscheint auch, daß das Kind vom Selbstmord des eigenen Vaters träumt, indessen, es hat ja selbst einen Selbstmordversuch begangen! Alle diese Fragen, die man wohl aufwerfen, aber nicht beantworten kann, bezeugen, wie unkontrollierbar schließlich das Gebiet des Traumes ist. Im

allgemeinen muß man aber zugestehen, daß die realistische
Wiedergabe des Traumes mit seinem Durcheinander und seinen
wiederkehrenden und sich durchkreuzenden Einfällen, mit seinem
Springen und doch Festhalten des Grundgedankens wunderbar von Hauptmann wiedergegeben ist. Und dennoch — was
hat der Dichter mit dieser Traumphotographie gewonnen?
Nichts Neues taucht dem Hörer daraus auf. Das Vorleben
Haneles war in wenigen kräftigen Zügen völlig deutlich
schon im ersten Teil angedeutet, und die Wiederholung der
Engelchöre und ihres Himmelstrostes kann nur abschwächend
wirken. Was dagegen hat sich Hauptmann hier entgehen
lassen! Wenn hier der Heiland nicht der in der Phantasie des
Kindes potenzierte Gottwald wäre, der kindlich von dem Blut-
meer der Erlösung und den schematischen Schwänen redet, der
in sinnlicher Weise ein Paradies mit Blumen, Bäumen und
Festgelagen ausmalt, an das nur Kinder glauben können!
Wenn das ein Heiland aus der Phantasie des Dichters wäre,
ein Heiland, der die Welt kennt und das Paradies im Geist
und in der Wahrheit auffaßt! Ein Heiland, der aus dem
Traumgesicht des Kindes heraus zu den Erwachsenen predigt,
wie es der Kandidat in den Webern nicht durfte! Wenn hier
ein himmlisches Gericht vollzogen würde, das den hungernden
Webern ihre Gerechtigkeit verkündete — von wie gewaltiger
Wirkung könnte das „Hannele" sein. So aber erschüttert der erste
Akt, der zweite enttäuscht, — man sieht die ehrfurchtgebietendste
Figur der ganzen Sittengeschichte nur als deklamatorischen
Verkünder kindlicher Gedanken, und wenn dann die nackte
Prosa des Krankenbettes wieder in ihre Rechte tritt, sind die
lustigen Traumgebilde verschwunden, und mit tiefstem Weh
verläßt man das Theater, das so furchtbar wahre Wirklichkeit
bot und ihr einen Epilog von so unwirklicher Himmelsschön-
heit folgen ließ. Wer gehofft hatte, Hauptmann, der Ringer
nach socialem Frieden, habe hier einmal ein Prophetenwort
gefunden, das über den Staub der Erde hinauswies, sei einmal auf Ibsensche Gedankenpfade gekommen, mußte sich gestehen, daß es sich nur darum gehandelt hatte, den schneiden-
den Gegensatz kindlicher Hoffnungen gegenüber dem Erdenleid
zu geben. Pessimismus und graue Verzweiflung in der Wirklichkeit, die doppelt furchtbar erscheint nach so schönen Träumen!
Wiederum Meisterschaft in der Beherrschung der künstlerischen
Mittel — aber noch immer nicht die erlösende Weihe einer Idee!

So blieb der Erfolg hinter der erwarteten Wirkung denn
naturgemäß weit zurück. Das Königliche Schauspielhaus,
das dieses Stück als erstes Werk eines Poeten der neuen
Schule vorführte, fand einen starken äußeren Premierenerfolg,
und auch anderwärts geschah ein Gleiches. Aber sehr nachhaltig war die Wirkung wohl nirgends. Antoine war aus
Paris zur Premiere herübergekommen. Ihm zu Ehren ward
ein Fest veranstaltet, das sich in Wahrheit als ein Fest für
Hauptmann auswuchs. Alte Herren, die in den „Webern"
nichts besonderes hatten finden wollen, in diesem kulturell so
bedeutungsvollen Werk, begeisterten sich für die so viel tiefer
stehende Traumdichtung. In Paris freilich, wohin Antoine
das Werk sogleich verpflanzte, waren die Bewunderer der
„Weber" nicht wenig enttäuscht. Man sah, daß Hauptmann
auch hier wohl wieder im Armenhaus, nicht aber im Reiche der
Ideale zu Hause war. Nichtsdestoweniger fand das Werk
seinen Weg nach Amerika. Das war nun freilich an sich kein
Ereignis. Hauptmanns Erscheinen in Paris hat litterar-
historische Bedeutung, denn dort waren deutsche Stücke bis dahin verpönt gewesen, in Deutschamerika aber liebt man reichs-
deutsche Autoren seit alten Zeiten in der Zeitschrift und auf
dem Theater und stiehlt oft ihre Werke, wo man kann.
Doch gestaltete sich die Aufführung für Hauptmann, der selbst
dazu hinüberreiste, zu einer schönen Feier. Als aber im nächsten
Winter der „Florian Geyer" auf der Bühne des Deutschen
Theaters einen offenbaren Mißerfolg erlebte, war Hauptmann,
obendrein durch den Abfall des „Biberpelz" unangenehm be-
rührt, zu einer Krise seines öffentlichen Wirkens gedrängt
worden. Zwar ward ihm der Grillparzerpreis verliehen, aber
der vielfach für ihn begehrte Schillerpreis blieb noch immer
aus. Doch sollte ihn bald über derartige Mißerfolge ein
großer stürmischer Erfolg trösten, der ihn, mindestens für
dieses Jahr, zu dem populärsten deutschen Dramatiker machte.

IV.

Die Überwindung des Naturalismus.

Von einer Glocke, die im Mittelpunkt der Erde hänge und
am großen Erlösungstage zu klingen beginnen solle, wußten

schon die Bürger und Bauern im „Florian Geyer" zu erzählen. Eine mystische Glocke, die in der illustrierten Ausgabe des „Hannele" zu dem Mördergeschrei läutet, mit dem man den Vater Hanneles in den Tod jagt, deutet gleichfalls darauf hin, wie gern des Dichters Phantasie bei der Glocke weilt. Ist doch die Glocke seit alten Zeiten in Deutschland das Lieblingssymbol aller romantischen Gemüter. Man lese in Willibald Alexis' Romanen nach, wie sehr er seine mittelalterlichen Märker darüber klagen läßt, daß das strenge Luthertum den Kirchen die erzene Stimme nehmen wolle. Man denke an Schillers Glockenlied und an Goethes berühmte Ballade — nicht der Prediger und der Küster, nein die Glocke ist es, die das entlaufende Kind zur Kirche heimholt. Und wie hoch stand im Mittelalter die Glockengießerkunst in Ansehen. Wie tönen ihre Klänge durch die Romantik unseres Jahrhunderts. Wie sehr ist das Läuten der Abendglocke — in so vielen Volksliedern verherrlicht — zum notwendigen Requisit auch auf unseren Theatern geworden, um romantische Stimmung zu erzeugen.

Ein Glockengießermeister ist der Held in Hauptmanns berühmtem Märchendrama, die „**versunkene Glocke**" (1896). Aber, ehe wir ihn selbst sehen, erblicken wir diejenigen Mächte, die mit den Glocken keine Freundschaft geschlossen haben. Die Glocke ist das Symbol des Christentums; heidnischen Ursprungs aber und heidnischen Glaubens sind die Waldgeister hoch in den Bergschluchten des Riesengebirges. Da, wo Rautendelein ihr Elfenreich leitet; da, wo der Nickelmann plump und unwirsch sein „Brekekekex" aus dem Brunnen ertönen läßt; da, wo der Waldschratt, die Menschen irre führend, von Zacken zu Zacken springt, da glaubt man noch an den milden Baldur und an den sonnigen Freir, an den grimmen Thor und den mächtigen Wodan, aber da haßt man die Christenglocken. In dies Gebirge ist der Meister Heinrich hinaufgestiegen, bekümmert hinter dem Wagen herschreitend, der seine neueste und schönste Glocke entführt. Er war nicht zufrieden mit dem Guß, den das ganze Städtlein lobte. Da kam, ihm unsichtbar, der Waldschratt und ließ, seinem neckischen Berufe getreu, den Wagen in den Abgrund stürzen. Halb freiwillig, halb unfreiwillig folgte der Meister seinem Werke. Auf der Waldwiese, wo Rautendelein des Nickelmanns plumpes Werben abweist, steht die Hütte der alten Hexe „Wittichen". Da taumelt der Meister daher, krank und sterbenssehnsüchtig. Die alte Hexe will ihn sterben lassen, das zarte Elflein Rautendelein aber bittet für sein Leben. Weh ihm, daß er die Augen aufschlägt zu ihr! Weh ihm, daß der fromme Pfarrer, der auf seine Aufklärung pochende Schullehrer und der mutige Barbier ihn finden, ihn von der alten Wittichen zurückerhalten und ihn heimtragen in das Haus seines treuen Weibes, das ihn da in banger Sehnsucht erwartet. Wie war sie stolz auf sein neuestes Werk, wie erschrak sie bei der Nachricht von seinem Unfall, wie ist sie nur ganz Liebe bei seinem Anblick. Aber sie hört das schreckliche Wort aus seinem Munde. Sie hört, daß sie mit all ihrer frommen Liebe sein Herz nie ganz ausgefüllt, daß er immer eine Öde in sich empfunden hat, daß er jetzt nur sterben will, um ihr nicht noch mehr weh zu thun. Und wie sie ihn verlassen für einen Augenblick, da erscheint verkleidet Rautendelein, die Elfin von den Bergen, und mischt ihm den Zaubertrank und singt ihm das Zauberlied und hat sein Herz gefangen für immer. Der nächste Akt schon zeigt ihn uns, von hoher Begeisterung das Herz geschwellt, oben in den Bergen, wo er den Pfarrer freundlich empfängt, der kommt, um ihn ernstlich zu vermahnen. Heinrich verteidigt sich gegen den Vorwurf, daß er ein Gottesleugner geworden sei; im Gegenteil glaubt er Gott jetzt noch tiefer und wahrer zu erkennen, und da nach seiner Meinung die Glocken des Thales oben in den Bergen nicht tönen wollen, so will er eine neue, große, wunderbare Glocke schmieden, die der ganzen Menschheit läuten soll. Der Pfarrer aber erkennt in den Worten des Meisters seine Abtrünnigkeit vom alten Christenglauben und erklärt ihm, er werde die alte, in den See versunkene Glocke noch einmal tönen hören. So ungläubig der Meister dazu den Kopf schütteln mag, die Prophezeiung erfüllt sich schleunigst. Wir sehen ihn im vierten Akt eifrig an seiner neuen Glocke arbeiten, aber es scheint nicht mehr so recht vom Fleck zu gehen. Als ein Übermensch will er die Zwerge zwingen, die schon lässig werden; als ein Übermensch wirft er den Ansturm der Bürger zurück, die, aus dem Thale heraufsteigend, mit Gewalt ihn von seinem Rautendelein losreißen wollen; aber, daß er doch nur ein kleiner, sterblicher Mensch ist, erfährt er bald darauf. Er sieht im Geiste seine kleinen Knaben — sie sind beide tot — die Zacken des Berges hinanklimmen, sie tragen in der

Hand ein Krüglein, darin sie die Thränen ihrer Mutter ge=
sammelt haben. Auch sie ist tot. Wo ist sie? In demselben
Bergsee, worin die tote Glocke schlummert. Sie hat sich, ver=
lassen und verzweifelt, dahinein gestürzt. Schrecklich soll es
dem Meister zur Gewißheit werden, denn plötzlich beginnt die
Glocke unten im See wieder zu tönen. Die tote Frau hat sie
mit der starren Leichenhand zum Klingen gebracht. Es graust
dem Meister. Er flieht davon, von Furien gehetzt, und findet
endlich vor der Hütte der alten Wittichen seine letzte Ruhe.
In dem Brunnen tief drinnen wohnt nämlich jetzt Rautende=
lein bei dem Nickelmann, der nun Macht über sie gewonnen
hat. Sie steigt noch einmal herauf, kann ihm aber nur noch
den Todesbecher reichen mit dem Trunk, den die alte Wittichen
ihm geschänkt hat. Dann steigt sie hinab in die ewige Ge=
fangenschaft des Brunnens; er aber stirbt, die ungestillte
Sehnsucht nach der Sonne im Herzen.

Die Sehnsucht nach der Sonne! „Mutter, gieb mir die
Sonne," so flehte der unglückliche Oswald in Ibsens Ge=
spenstern. Nach der Sonne steht auch der Sinn Heinrichs des
Glockengießers. Wir wissen so wenig von seiner Vorgeschichte
wie in der Regel bei Hauptmanns Helden. Was hat zwischen
ihm und seiner Gattin gestanden? Er war eben ein „unver=
standener Mann", wie so viele Hauptmannschen Lieblinge.
Seine Frau liebt ihn aber nicht bloß wie Käthe den Johannes
Vockerath, sie ist mehr als Käthe. Sie versteht auch sein
Künstlerstreben, sie liebt seinen Beruf, sie vergöttert seine
Kunst, sie lebt in seinem Ruhm. Und noch weniger ist Rau=
tendelein eine andere Anna Mahr. Vielmehr ist die Elfin
ein Naturkind, das nichts vom Glockengießen versteht, und
sie ist es nicht, die ihm den großen Gedanken von der neuen,
schöneren und heiligeren Glocke in das Herz giebt. Es
kommt ihm dieser Gedanke von selbst, wie er in der Freiheit
der Berge sich mit sich allein findet, wie er sich Herr fühlt
über alles Irdische. Die Nixlein leben sich aus, so erfahren
wir, und sie lieben sich auch aus. Das ist Meister Heinrichs
Sehnen. Ihm ist es daheim zu eng. Gespenster scheinen ihm, wie
der Mutter Oswalds, die engen Bande, mit denen die Menschen
ihre gesellschaftlichen Formen um die Naturtriebe legen. Auch
die mahnende Stimme der Glocken ist ihm zu eng angepaßt
an die kirchliche Form. Er will etwas Neues, Freieres.

Und was ist das? Er will zweifellos die neue Religion gründen, die schon Selins Herz höher klopfen ließ, als er das Elend in Spanien und Neapel sah. Er will die neue Religion gründen, für die schon Johannes Vockerath seine wissenschaftliche Abhandlung schrieb, für die Florian Geyer ein Messias werden wollte, die der Kandidat in den „Webern" nicht predigen darf. Die Religion der Weltbeglückung! „Laß uns eine neue Religion gründen, bei der der Menschheit wieder wohl wird" — so schrieb Bettina von Arnim, die edelste aller deutschen Romantikerinnen in ihrer Jugend an das Stiftsfräulein von Günderode, und als alte Frau richtete sie dieselbe Aufforderung an den späteren Münchener Professor Carrière. Der Inhalt dieser Religion sollte die Liebe, ihr Ausdruck die Musik sein, und da sie in keine festen Formen eingezwängt werden dürfte, so sollte es eine „Schwebereligion" werden. Eine solche Schwebereligion ist die Sehnsucht aller romantischen Herzen, die auf der Stufe der religiösen Empfindung stehen bleiben wollen und glauben, daß mit dem Schritt in das klare Gedankenland hinüber das Wesen der Religion verloren gehen müsse. So empfindet ähnlich der Romantiker Heinrich, der Glockengießer. Die Quellen seiner Kunst sind seine Sinne. Droben, wo man sich ausleben kann nach Nixenbrauch und Waldschrattsweise, da wird ihm wohl ums Herz. Darum verkündet er dem Pfarrer, daß Christus wieder heruntersteigen müsse vom Kreuz. Nicht mehr die christliche Askese, nein, die Sinnenfreudigkeit soll herrschen. Die Menschenliebe beruht ihm auf der Liebe von Mann zu Weib. Diese soll frei sein. So frei, wie der Glockengießer Heinrich hinaufgestiegen ist in die Berge, so frei soll nun die Liebe und das Leben aller Menschen sein. Was dies Problem vom dritten Akte an so unklar erscheinen läßt, ist der Umstand, daß Hauptmann so ängstlich an dem Bilde der Glocke festhält. Ibsen macht es in ähnlichem Falle anders. Wie sein Doktor Stockmann den Badeort nicht reinigen kann von Bacillen, geht er vom besonderen Fall zur Allgemeinheit über. Er stellt sich in den Versammlungssaal und redet von dem Schmutz und den Bacillen der Gesellschaft, die schädlicher seien, als die des Badeortes. Warum läßt Heinrich oben nicht das Glockengießen, warum verkündet er nicht in einer feurigen Bergpredigt der lauschenden Menge, die ihn vertreiben will, sein neues Evangelium? Weil dieser Meister

Heinrich nicht die Schöpfung des Gedankendichters Ibsen, sondern des Gefühlspoeten Hauptmann ist. Meister Heinrich hat Weib und Kind in einem unklaren Drange verlassen, nicht im klaren Erkennen seiner übermenschlichen Herrenrechte, wie sie Ibsens König Hakon erfüllen, wenn er Mutter und Braut von sich stößt und von seiner Gattin das Todesurteil ihres Vaters verlangt. Meister Heinrich hat nichts klar erkannt. Der Sinnenrausch zum Rautendelein hat seine Künstlerphantasie erregt, und oben glaubt er an einem Wunderwerk von einer Glocke zu schmieden, aber der erste Klang der tief im See ruhenden alten Glocke läßt ihn in tiefster Seele erbeben, und das Thränenkrüglein vermag er nicht anzusehen, ohne innere Verzweiflung. Denn er war kein Held, der, erfüllt von einer tausendmal heiligeren Sache, Weib und Kind verlassen durfte, um Größeres für die Menschheit zu erreichen. Dann würde er ja das freisprechende Urteil in seiner eigenen Brust empfinden. Er aber ist einem Irrtum unterlegen, er hat sich überschätzt, er bringt das Wunderwerk der welterlösenden Glocke doch nicht fertig, auch nicht in Rautendeleins Gesellschaft, auch nicht, wenn Zwerge ihm die Eisen glühend machen. Er ist, wie immer bei Hauptmann, der Typus des schwachen Menschen, des Menschen, der seiner Kleinheit inne werden muß. Und vor allem ist er der schwache Mann. Der Mann, der des anfeuernden oder berauschenden Weibes bedarf, um zu schaffen, und aus solchen Männern werden wohl mitunter Künstler, die durch ihre eigene Weichheit die Menschen zu rühren verstehen, aber niemals Welterwecker, niemals Genien, denen die Menschheit vorwärts folgt in das Land der Zukunft. Auch Meister Heinrich ist keiner. Wie ein auf einer Frevelthat ertappter Knabe muß er erzittern bei dem Klang der Glocke tief im See. Sein Truggebäude von erträumter Größe bricht ihm zusammen mit dem Ende des Liebesrausches. Er verliert die Macht über Elfen und Menschengeister, und nur der Tod ist seine traurige Erlösung.

Was aber in diesem erfolgreichsten aller Schauspiele der letzten Jahre ganz vortrefflich gelungen ist, und was auch für das großstädtische Publikum ein wahres Labsal bildet, das ist die Märchenstimmung des rauschenden Bergwaldes; das ist die warme und reiche Belebung der Natur. Die Bühne, die so lange, besonders auch durch Hauptmanns Anregung,

zu einer Marterkammer geworden war, atmet hier den satten,
würzigen Waldduft, und eigenartig reizvoll sind die Gestalten,
die sich hier tummeln. Die lieblichen Elfen, die ihren Reigentanz schwingen, erinnern uns freundlich an Shakespeares
Sommernachtstraum; der Nickelmann mit seinem Brekekekex
ist der Egoist und Realist der Gespensterwelt, und der tolle,
launige Waldschratt, der in seiner jungenhaften Nichtsnutzigkeit ein so unterhaltender Schlingel ist, sie alle drei beweisen,
daß Hauptmann selbst hier an sich den Irrtum seiner früheren
Methode erfuhr. Die unangenehmen Charaktere werden erträglich, ja anziehend, wenn sie, von bunter Romantik umflattert, in eine unwirkliche Welt versetzt erscheinen. Und so
hat sich denn auch die leichtsinnige Verführerin, die in allen
französischen Dramen als frivoles Sündenweib erscheint, hier
den bestrickenden Zauberschleier der Märchennixe umgeworfen.
Damit verliert sie das Cynische und wird zu jener lieblichen
Gestalt, die das deutsche Volksgemüt seit Jahrhunderten kennt.
Denn, was als Melusine im Mittelalter lebte, was Goethe zu
seiner neuen Melusine das Modell gab, was in Fouqués reizvoller „Undine" so lange die Gemüter der Menschen beherrscht
und dauernd in der Opernwelt sich eingenistet hat, was in
Andersens entzückendem Märchen vom Meerweibchen die
Herzen rührt, das ist auch in Hauptmanns Rautendelein das
Bestrickende. Es ist die Sehnsucht der Nixe zu den Menschen.
Sie strebt heraus aus dem traumhaften Zustand des Elfenlebens, sie will die Bewerber aus der Geisterwelt nicht, sie will
menschliche Empfindungen kennen lernen und macht doch ihren
Liebsten aus der Oberwelt dauernd unglücklich. So ist es ein
altes Märchenmotiv, was hier des Dichters Phantasie beflügelt hat. Und ebenso ein altes, rührendes Märchenmotiv
ist das Thränenkrüglein. Hauptmann hat es nicht erfunden
— das ist kein Tadel. Auch der ihn um so vieles in den
Schatten stellende Shakespeare hat nie seine Motive ersonnen.
Aber Hauptmann hat sich von diesen uralten Sagengestalten
herausführen lassen aus dem Naturalismus. Diesen hat er
in diesem Stücke wirklich überwunden. Im „Hannele" war
der Sieg nur ein scheinbarer, im Grunde genommen war auch
der Traum naturalistisch. In der „versunkenen Glocke" aber
ist alles aus dem trivial Alltäglichen herausgeklärt, und die
Motive spiegeln sich in dichterischer Idealisierung aller Ge

stalten. Die Alltagsgeschichte von dem verheirateten Mann,
der das liebende Weib um einer Dirne willen verläßt, um
dann voll Reue zurückzukehren, wo es zu spät ist und er nur
noch am Grabe der Verlassenen weinen kann — diese bekannte
Alltagsgeschichte ist hier in das Feengewand der Märchen=
welt gekleidet und dadurch aus ihrer niederen Sphäre zu
typischer Wirkung erhoben. — — —

Wer kann wissen, ob Hauptmann auf diesem Wege fort=
fahren wird? Wir müssen ihn mitten auf seiner Wanderung
verlassen. Aber zu wünschen wäre, daß er, der sich aus all
den Irrwegen seiner Jugend herausgearbeitet hat, der in der
versunkenen Glocke auch ganz den alten großen Stil der sich
steigernden und ihre Katharsis erreichenden Handlung wieder
angestrebt hat, daß er nun auch das erringen möge, was
ihm noch fehlt. Möge er zu der weiblich zarten Empfindung
und zu der scharfen Beobachtungsgabe auch den Schwung
der Idee und die Energie der Manneskraft gewinnen, die
seinen Gestalten allzuoft fehlt. Daß er ein Dichter ist, hat
er bewiesen, ob er aber ein großer Dichter werden wird, kann
erst die Zukunft uns lehren. Den Dichter macht schon die
Gabe des Empfindens und Gestaltens. Der große Dichter
aber bedarf auch noch der mutigen Fähigkeit, sich im
Schwunge des Gedankens über den Dunstkreis seiner Zeit zu
erheben. Möge es dem vom Glück so begünstigten, so früh
durch allerhand Umstände in den Mittelpunkt der Aufmerk=
samkeit gerückten Poeten gelingen, seinen Schöpfungen, die bis=
her nur herzbewegende und weiche Klagelieder des Zeitleides
sind, nun auch noch den Aufschwung zu verleihen, der sie zu
starken und kühnen Beherrscherinnen der Geister machen könnte.
Er steht ja noch in der aufsteigenden Linie seines Werdens.
Möge sie ihn nach oben vorwärts führen!